DAS WOCHENENDE
Bernhard Schlink

周　末

[德] 伯恩哈德·施林克　著

印芝虹　译

上海译文出版社

目　录

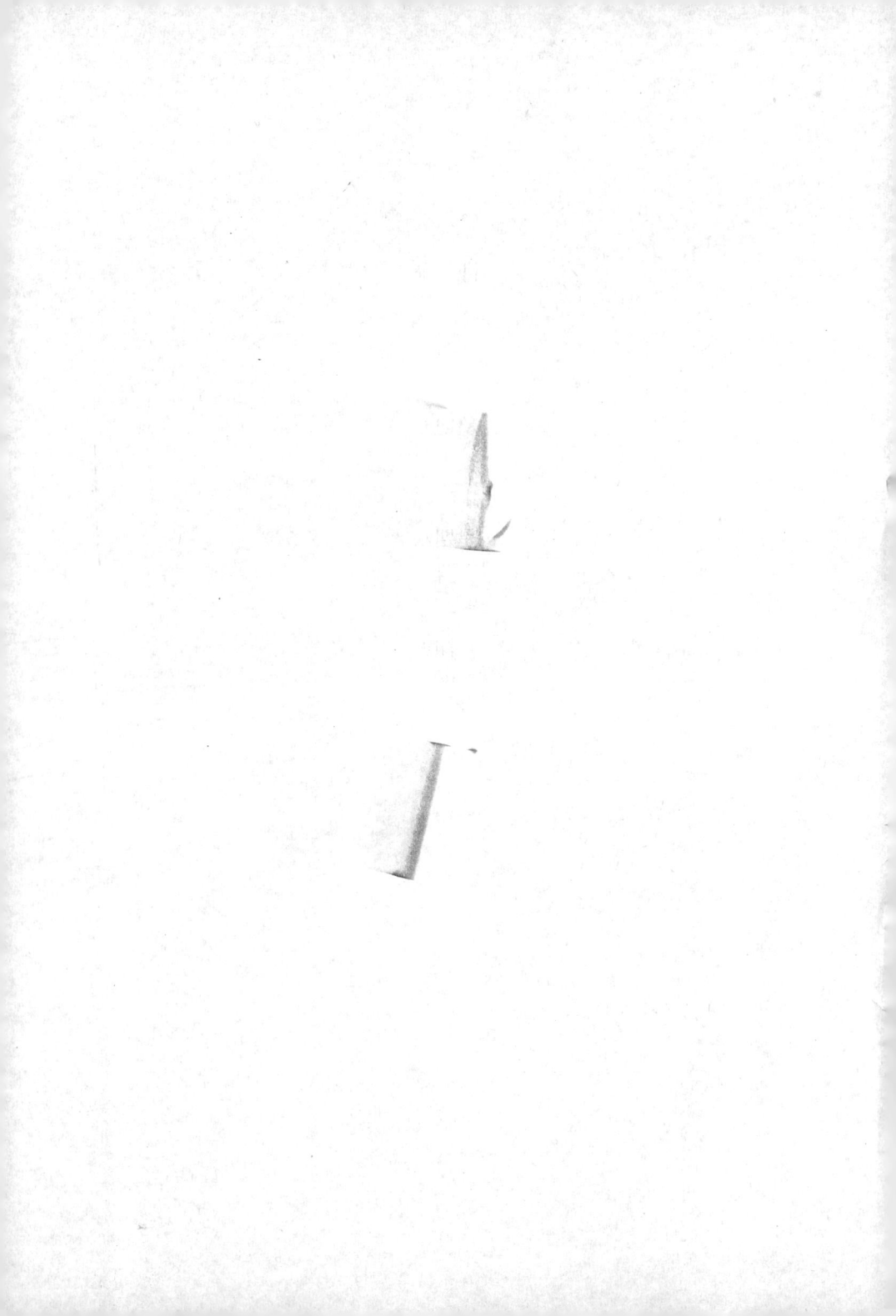

星期五

一

她抵达的时候已经快七点了。她本来以为,清晨可以开得快一点,可以早一点到的。可是,途中遭遇一个接一个的工地,令她焦躁起来。她担心他会走出大门,徒劳地寻觅她的身影,要先经受一场失望和气馁。反光镜中,太阳升起——她宁愿迎着它开车,而不是相反,即便太阳光令她目眩。

她在老地方泊车,慢慢地走向大门,这条路很短,她每次都是这么慢慢地走。她把关于自己生活的一切都清理开,从她的脑子里,给他腾出地方。尽管他在她的头脑中始终占有一席固定的位置,她无时无刻不在问自己,他此时正在干啥,他此刻过得可好。然而当她和他相见时,对她来说就只有他的存在了。现在,当他的生活不再于原地踏步,而是重新起步时,他更是真正地需要她的关注了。

阳光照在这座老式的红砖建筑上。她又一次感觉到一种奇特的触动,因为一座建筑竟可以一面派着如此丑陋的用途,一面又如此的美丽：墙上爬着野葡萄藤，春天和夏天染着草地般、树林般的幽绿，秋天则金黄和火红；房顶的角落立着几个小塔楼，中间竖着一个大的，大塔楼的窗户令人联想到教堂的窗；大门很沉重，拒人千里之外，似乎并不是要关住自己的住户，而是要将他们的敌人挡在门外。她看了看表。那里面的人喜欢让人等待。她有过多次这样的经历，申请两小时的探视时间不获批准，只准予她待一个小时，而这一个小时过去之后，又没人来带她离去，致使她在他那儿继续坐上半小时或者三刻钟，而在这种时候，她因为不定心，实际上已经并不在他那儿了。

但这一次，当附近的教堂开始敲打七点的钟时，大门打开了，他走出来，眯着眼睛迎向阳光。她快步穿过马路，拥抱他。他还没来得及放下手上的两个大包，她就抱住了他，他站在那儿，由她拥抱着，不作回应。"终于等到这一天了，"她说，"终于。"

他们来到车旁时，他说："让我来开，我老梦见自己开车。"

"你行吗？如今车速可比从前快了，交通也拥挤多了。"

他坚持要开，紧张得脑门上沁出了汗水也不放弃，继续开着。她紧绷着神经坐在他旁边，看见他在城里拐弯时出错、在高速公路上超车时操作得不对，也都不说什么。一直到有休息站的标志出现，她开口道："我得吃早饭，我起床到现在已经五个小时了。"

她每两周去监狱看望他一次。然而，当他和她一起沿着供餐

4

的柜台走，往餐盘上放食物，站在收银台旁边的时候，当他从洗手间出来，坐到她的对面时，她感觉就像很久很久之后才第一次再见到他似的。她发现，他变得多么苍老，比她探视他时感觉到的和她对自己承认的要老。第一眼看上去，他依旧还是一个帅气的男人，高大，棱角分明的脸庞，绿色闪亮的眼珠，浓密的棕灰色的头发。可是，不当的姿态凸显了他微微鼓起的肚子，与他的细胳膊细腿很不相配。他步态蹒跚，脸色土灰。额上的皱纹纵横交错，陡直地、长长地伸入面颊，它们并不是专注留下的印迹，而是昭示着一种混乱的不堪之负。他开口说话时，她不由得感到错愕，因为他对她的话的反应显得笨拙和犹疑，因为他在加强语气时做出一种不经意的、心不在焉的手势。这些，她怎么会在以往的探视中都未曾发现呢？还有哪些在他身上、在他内心发生的变化她没有察觉到呢？

"我们去你那儿？"他问。

"我们去乡下度周末。玛格丽特和我在勃兰登堡买了一座房子，年久失修，没有暖气，没有电，水要在外面用水泵打，但是有一个很大的、年代很久的园林。现在夏季里，那儿美极了。"

"你们怎么做饭呢？"

她笑了。"你还关心这事儿？用笨重的红色的煤气罐。为这个周末我还专门准备了两个，我邀请了一些老朋友。"

她本来以为他会高兴。但他没有显示出开心的样子，只是问："请了谁?"

这个问题她是经过反复考虑的。哪些老朋友会让他感觉放松，哪些会使他尴尬或缄口? 他必须接触人，她对自己说。而且他需要帮助。如果连这些老朋友都不能帮助他，还能指望谁呢? 最后她希望，那些对她的电话感到高兴并且表示要来的人也是合适的人选。在回绝的人中间，她觉察到一些人由衷地感到遗憾;他们表示自己是很愿意参加的，假如他们早一点知道这个消息的话，但是现在已经有了其他安排。可她又有什么办法呢? 释放发生得突如其来。

"海纳，伊尔瑟，乌利希和他后来的夫人、女儿，卡琳和她的丈夫，当然还有安德烈亚斯，加上你、玛格丽特和我，十来个人。"

"马可·哈恩呢?"

"谁?"

"你知道的，他以前好多年只是给我写信，四年前第一次探视我，从此总是如期而来。除了你之外他是……"

"你是说那个疯子，那个差点儿让你丧失特赦机会的人?"

"他只是做了我请他做的事。是我写的那个致敬词，我认识那些人，了解缘由。你没有什么可以指责他的。"

"你是无法知道,你这样做会造成什么样的后果。而他是了解这一点的,却非但没有阻拦你,反而游说你卷进去。他是在利用你。"她又火起来,跟那天早晨一样,当时她在报纸上读到,他向一个可疑的以暴力为主题的左翼大会发了一封贺电。他这个行为表明了他是一个没有能力反省和忏悔的人——而这样的人是不能被赦罪的。

"我给他打电话,邀请他来。"他站起身,在他的裤子口袋里搜寻到了硬币,向电话亭走去。她也站起来,想要跟上他、拦住他,但还是坐下了。当她发现他在通话的过程中不知道怎样往下说的时候,便又站起来,走向他,拿过听筒,描述了去她们的房子的路线。他用手臂搂住了她,这让她心里很受用,也就平静下来。

他们继续往前开,这次是她坐在驾驶位置上。隔了一会儿他问道:"你为什么没有邀请我儿子?"

"我给他打电话了,他直接就挂断了。然后我又给他写了一封信。"她耸了耸肩膀。"我知道,你会很愿意他能在这种场合出现。但我也明白,他是不会来的。他很久以前就决定跟你划清界限了。"

"不是他。是他们。"

"这又有什么区别呢?他是他们教育出来的成果。"

二

　　对于这个他们即将一起度过的周末，海纳没有概念，不知道自己该怎么看，该有什么样的期待：与约尔克的重见、与克里斯蒂安娜的重见和与其他老朋友的重见，这些将会是怎样的？克里斯蒂安娜打来电话，他立即答应了。是因为他在她的声音里听到了一种恳求吗？是因为早年的友谊终身都无权背叛吗？还是出于好奇？

　　他来得很早。他在地图上看到，克里斯蒂安娜的房子紧挨着一个自然保护区，所以在重见老朋友之前，他还想跑跑步。跑步，深呼吸，放松。他周三刚刚从纽约的一个会议赶回来，紧接着就一如既往地陷入办公桌上那些堆积如山的文案和应接不暇的日程表之中。

　　他来到这块领地，惊讶于它的壮观：石头垒砌的围墙，铁制的大门，房前高耸的橡树，房后辽阔的园林，房子本身则是有数百年历史的古老建筑。一切都已经衰败。房顶用生锈的波形铝制

8

板覆盖着，外墙的涂层剥落了，露出霉斑，房子后面的平台当年面对的一片草地，如今已经长满了灌丛杂木。但窗户是新的，房前的地面刚刚铺上了鹅卵石，平台上放置着露天酒吧的木质家具，一张桌子和四张椅子已经打开铺就，其他的桌椅还都堆放在一起，通向园林的几条道路已经开通，灌木已被清除。

海纳走上其中的一条道，潜入了一个宁静的绿色的森林世界；头顶上见不到天空，而是被阳光照亮的树叶之穹，脚下是长满了青草的道路，道路两边，树干灌木簇拥密布，没有穿行的可能。一只小鸟在他前方的道路上蹦跶了好一阵，一下子又消失了，以至海纳都无法说出，它是在哪儿消失的，是跳开了还是飞走了。这条路转过来转过去，弯弯绕绕的，因为设计师想让这园林显得无边无垠。但是，即便海纳领悟到这一点，他还是觉得自己仿佛置身于一个魔幻森林，就像中了魔法似的，怎么也走不出这片林子。然而就在这一刻，就在他心里想，自己其实也无意要走出去的时刻，森林世界到头了，他眼前出现了一条宽阔的溪流，溪流的对岸是大片的田地，远处有一个村庄，能看见教堂的钟楼和圆塔状的粮仓。四周仍然是一片宁静。

他向溪流流淌的方向望去，看见一位女士坐在一张靠椅上。她本来在写东西，现在让本子和笔落在怀中，正抬眼注视着他。他朝她走过去。一只小灰鼠，他想，不大起眼，不太灵活，有点胆怯。她用目光迎向他。"你不认识我了?"

"伊尔瑟!"他经常会面对一个熟悉的人,但就是想不起他的名字来。而现在,他真是高兴,自己竟然能够立刻记起一个名字,虽然这个名字后面的那张脸,他几乎根本认不出来了。他最后一次见到伊尔瑟是在七十年代的某个时候,那时,她是一个漂亮的年轻女子,鼻子和下巴有一点尖,嘴巴略显严肃,姿势总是有点前倾,试图以此避免她那硕大的胸脯给自己招来目光。尽管如此,她白皙的皮肤、湛蓝的眼睛、金色的头发令她熠熠生辉。现在海纳找不到这种光亮了,即便她友好地微笑着,为他们的重逢和相认感到高兴。他有些狼狈,仿佛这是件很尴尬的事情,因为伊尔瑟不再是她应该是的、应该保持的模样,没有兑现她从前的期许。"你好吗?"他问。

"我给自己放假了。三小时英语课——我的朋友给我代课,她上得一定很好,不过,如果她给我电话,或者我能打电话给她的话,我会感觉更好些。"她看着他,好像他能帮助她。"我还从未干过这种事:干脆给自己放假。"

"你在哪里教书?"

"我留下来了,你们都走了。见习期后,我找到了第一个职位,然后又在我从前的学校得到了第二个。这份工作一直做到现在:教授德语、英语、艺术。"她似乎要把话全说完,继续道,

10

"我没有孩子。我没有结婚。我有两只猫和一套属于自己的公寓，在山坡上，俯视平地。我喜欢当老师。有时我会想，三十年了，够了，但是这也很正常，大概每个人都会这样看待他的职业。而且，也干不了多久了。"

海纳以为她会回过头来问他的情况。那么你呢，你过得怎么样？但这个问题并未到来，他继续问道："你跟约尔克和克里斯蒂安娜一直保持着联系吗？"

她摇了摇头。"几年前，我和克里斯蒂安娜偶然在法兰克福火车站相遇；因为下大雪，列车行程表全部乱了，我们俩都在等候自己的换乘车辆。自那以后，我们不时地通通电话。她让我给约尔克写信，我很长时间都没下决心做。直到他申请特赦的时候，我才终于写了。'我不乞求恩典。我反对了这个国家，它也反对了我，我们相互谁也不欠谁。我们只是对自己的追求亏欠忠诚。'你记起来了吗？这个声明，他申请特赦的声明，是这样的骄傲——突然间，约尔克又是我曾经结识的那个年轻人了。那个我爱过的约尔克。"她微笑。"他当时没有发觉，你们就更没有了。你们全都……我总是害怕你们。因为你们那么清楚地知道，什么是对的，什么是错的，需要做什么，因为你们是那样的坚决，那样的无条件，那样的不妥协，无所畏惧。对你们来说，一切都很简单，而我则感到羞愧，因为这些对我来说很难，我不知道，资本是怎么回事，国家和统治者是怎么回事，而当你们谈论那些猪时……"
她又摇了摇头，陷入了她当年的羞愧和胆怯中。"我当时必须赶紧
读完书，赶紧挣钱，你们则拥有世界上所有的金钱和所有的时间，
你们的父亲——约尔克和克里斯蒂安娜的父亲是教授，你父亲是
律师，乌利希的父亲是牙医，有个很大的诊所，卡琳的父亲是牧
师。我父亲在西里西亚曾经有个小农庄，虽然几乎维持不了生活，
但是属于他，后来也失去了。他也在奶牛场干过活。'我们的奶牛
姑娘'，你们有时这样称呼我，你们那是善意的，我想，但是我不
属于你们，你们更多地是容忍了我，如果我消失了……"

　　海纳试图找回与伊尔瑟的讲述相符合的回忆。他曾经表现得
对一切都了如指掌，并拥有世界上的全部时间吗？他曾经把警察、
法官和政治家统统称为猪吗？他曾经叫伊尔瑟"我们的奶牛姑
娘"吗？一切都那么遥远。他回忆起那些通宵达旦的争论，那种
气氛，太多的香烟，太多的廉价红酒，他回忆起那种始终在寻求、
一定要找到正确的分析和正确的行动的感觉，回忆起他们在做共
同的计划和准备工作时的神圣激情，回忆起他们充当大教室和街
道的主人时那种刻骨铭心的经历，那种对自己拥有的力量的强烈
的享受。但是，讨论了什么，到底寻求了什么，为什么得占领大
教室和街道，却没有出现在他的回忆里，更不要说伊尔瑟当时的
状况了。她给他们买烟、煮咖啡了吗？她是教艺术的——那她当

年是不是绘制过宣传画?"你能关心约尔克,我觉得很好。他被判刑的时候我去看过他,但没能对他说出一句有意义的话。我没有做过什么,一直到克里斯蒂安娜一周前打来电话。他变化很大吗?"

"噢,我没有去探视他,只给他写了信。他从来没有邀请过我。"她向海纳投去审视的目光。他不知道,她是不理解他长期以来对约尔克的淡漠,还是不理解他此刻对约尔克的兴趣,为什么想知道他发生了哪些变化。"我们马上就看到了,对吧?"她说。

三

海纳走后，伊尔瑟翻开本子，读她写下的东西。

　　葬礼在一个晴朗温暖的日子举行。在这样的日子里，人们本来会开车去湖边，在那里游泳，铺开毯子，取出红酒、面包和奶酪，一边吃着喝着，一边将目光投向天空，让思绪随着云彩飘荡。这不是用来哀悼的日子，不是死亡的日子。

　　葬礼的客人们在教堂前等候。他们互致问候、相认或者自我介绍，情形不无尴尬。谈话的每一个词都不对头。关切的表达是勉强的，相互交流的回忆是苍白的，而"为什么"这类问题，只能得到无助的、茫然无措的拒绝。每一个词都不对头，因为扬的死就是不对的。他不该自杀，不该让他的三个年幼的孩子成为孤儿，让他的妻子成为寡妇。假如无法忍受妻子和孩子了，可以离婚。自杀、逃避，丢下妻子和孩子，让他们自责——这不近情理。

那边，老朋友们站在一起的地方，有人这么说。另一个人摇了摇头。"扬是在乌拉怀孕时与她结婚的，在生了第一个孩子后，他又要了这对双胞胎，目的是不让她察觉出他并不爱她，他放弃了大学的教职，做了律师，好让乌拉和孩子们有像样的生活，他在家操持家务，以便乌拉完成学业——所有这些，他都做了，就因为它们如此的合情合理。而一个人这样能坚持多久呢？否定自己，就因为这样合情合理吗？而假如做到了否定自己，这跟死了又还有多少区别呢？"说到这儿，有人打断了他。"乌拉过来了。"

教堂里，扬的父亲致辞。他讲到，发生了这样的事情实在是令人难以置信：扬的消失和几天以后他在诺曼底的出现，他用导入自己汽车的尾气毒杀了自己，汽车面向大海，附近就是他多年前曾经待过并感到特别幸福的地方。他谈到忧郁症发作时具有的难以置信的威力，它不仅驱使扬逃离家庭和职业，而且把他推向死亡。他说自己是一个大家庭的白发苍苍的家长，拥有众多的孩子和孙辈，是一位已经退休在家的牧师。扬的父亲关于忧郁症发作的话具有一种权威性，让人印象深刻，包括那些本来不记得扬有忧郁症的朋友。他们对此能比做父亲的更了解吗？

葬礼重新清晰地浮现在伊尔瑟的眼前。那是她最后一次和这些朋友，这些马上就要来和她一起度过周末的朋友在一起。约尔克此后不久就隐蔽起来。葬礼时，他对扬只有蔑视；当生命可以投入一场伟大的斗争的时候，人们不该为中产阶级生活的一些无聊蠢事抛弃生命。那段时间，克里斯蒂安娜已经有一种感觉，似乎约尔克正在孕育着什么，所以她总是注意着他，并对他轻蔑的态度和革命的观点予以肯定，似乎是要向他表明，持有这些观点并不妨碍他在这个世界占有自己的一席之地，没有必要因此而蛰伏生活。而那以后不久，其他的人也都随风四散。从某种程度上说，约尔克其实是做了当时大家都做的事情：确定了自己生命的轨道。

　　不过，并不是眼前的这场与朋友们的重逢唤起了伊尔瑟对葬礼的回忆。重逢只是给了她一个契机，令她提笔写作。她专门买了一个大开本的、很厚的硬皮本子，一根有着长长的碳素笔芯的绿色铅笔，就像建筑师们都用的那种，人家这样告诉她，她感到很满意。星期四她一下课就上了路，搭乘火车、公交车、出租车来到这里，图的就是在第二天、在这个陌生的地方大胆地开始这件事，开始这个在她熟悉的地方会感觉很自不量力的行为：写作。

　　是的，早在几年前她就已经开始思考这场葬礼了。当时她在琢磨一部戏剧，而她之所以会注意到这出戏，是因为"九一一"

的一个画面令她久久不能释怀。不是那些撞向摩天大楼的飞机，不是冒烟的大厦，不是倒塌的高楼，也不是烟雾笼罩中的人们。令她不能释怀的是坠落的身体的画面，有些是单个的身体，有些成双成对，几乎相互碰触或者手拉着手。这个画面无法从她眼前消失。

伊尔瑟阅读了所有的资料，所有她能够找到的。人们推测的坠落身体的数目在五十到两百之间不定。许多人朝下跳了，但有些人只是逃向窗户，当玻璃爆裂时，他们被其他逃命的人挤了出去，或者是被气流吸了出去。那些跳出去的，有些是面对无路可走的境地决定一跳，另一些则完全是被忍无可忍的灼热推赶出去的。根据报告，热浪攀升到了五百五十度，在烈焰抵达之前热浪就过来了。坠落的高度超过了四百米，坠落持续十秒钟。拍摄坠落的身体的这些照片太不清晰，所以看不清面目。资料上说，有些家属表示，尽管如此，他们还能从衣物上认出一个坠落中的身体，这让他们一方面感到安慰，一方面又十分惊骇。而在死者中，那些坠落下来的人是无法获得身份确认的。

然而，所有这些信息都不如那个画面更令她动容。坠落中的身体，两只胳膊始终极力伸张着，常常是四肢全部都远远地向外伸展开去。也许，伊尔瑟不该只看在书中找到的个别的照片，而该是去寻找录制的影像，那样就能看见身体真的正在坠落、挣扎着抓蹬、痉挛的情形。但是她害怕看见这些。某些坠落的身体在照片上看，好像是在飘向地面，或者甚至是从地面上飞走。伊尔璐抱着这种希望，怀疑真是这样的。会有人办到吗？会有人在这种情形下跳下，从而浮游、飞翔起来吗？即便他只能飞最后的十秒钟时间？这个以突然的、无痛的死亡结束的十秒钟，会让人愿意再一次地用全部的快乐去享受吗？用那种我们能够去享受生命的快乐？

在那出戏里，一位男士本来应该在九月十一号的早上于那两栋摩天大楼中的一栋里办公，但是他迟到了。这时，他发现了个机会，可以让所有的人都以为他死了，让自己从过往的生活脱离出来，开始新的生活。伊尔璐没有看这出戏，也没有读这个剧本。在她的想象中，这个人一定是看到了坠落、飘浮、飞翔的身体的画面，于是想到了这个点子，要从此飞走——她悟到这一点，这就够了。而且，这又令她浮想联翩，唤回了关于扬葬礼的记忆以及与此相关的疑问：他是否真的结束了自己的生命，是否更有可能是把自己从过去的旧日子中间解脱出来，以开始一个新的生活？在扬去世之后的那一年，把乌拉和她搞得不得安宁的一切，又一次重新鲜活起来，从葬礼到神秘的电话，从陌生的衣物到失踪的文件，再到尸检报告。

四

当海纳跑了一大圈，穿过田野回到宅子时，又有一辆车停在了大门前，一座巨型的银色奔驰，汉堡牌照。老宅的门开着，海纳走进去，在眼睛适应了昏暗的光线之后，他看见左边有一个楼梯通向上面一层的楼廊，楼廊的两头是两扇门。楼梯与楼廊都用金属架支撑着，墙面同样有涂料脱落，地面的不少天然石板已经用水泥填补替代。不过，到处都很干净，进门迎面是一张古旧的桌子，桌上立着一个大花瓶，里面插着五颜六色的郁金香。

楼上的一扇门开了又关上，从门后的屋里传来短暂的说话声和笑声。海纳朝上望去。一个女人拖着缓慢、沉重的步履，左手扶着扶手，从楼梯上下来。她的左腿或左脚好像有病痛，海纳想，而且，她也太胖了。他估计她五十岁，比他自己年轻几岁。她还太年轻，还不该得椎间盘突出的病。她不会是出过车祸吧？

"您是不是也是刚到的？"他把头歪向房前停靠的那辆奔驰车的方向。

她笑起来。"不是的。"并且她也用头点了一下奔驰的方向。"那是乌利希夫妇和女儿。我是玛格丽特，克里斯蒂安娜的朋友，就是这儿的人。我现在又得去厨房了——你是不是一起来，帮帮我？"

接下来的一小时他一直待在厨房里，削土豆皮，把土豆切成片，将腌黄瓜切成块儿，剁葱，被指点着拌沙拉调料，把属于调料的东西搅和进去。"被搅动了，而非被晃动了"——他尝试着开了个玩笑。玛格丽特的轻松、自若、快乐令他迷惑。那是一种简单人的快乐和幸运儿的安然自若，对于他们，这个世界有如自家，而且本来如此，无需为之付出劳动——海纳对这两种人都不感冒。同时，她身体散发出的魅力也令他迷惑。这是一种让他加倍不能理解的性感魅力。他不喜欢胖女人，他的女朋友们全都是模特般的苗条。看来，这个对他的风度魅力全然不加理会的玛格丽特，不是克里斯蒂安娜的一个普通朋友。她对他的了解，很可能比一个一般的朋友要多得多。当他回想到和克里斯蒂安娜共同度过的那一个夜晚时，心里重新涌上了一种被利用的、受伤的感觉。此外，克里斯蒂安娜当初的表现依旧显得十分奇特，以至于他再一次感觉到，这里面还有什么名堂他没有搞清楚，再一次感受到那种失败的恐惧。他是因此而来到这里的吗？克里斯蒂安娜的电话是不是唤醒了他内心的这个愿望，希望最终能了解当时究竟发生了什么事情？

"你不想尝尝这种果酒吗？"玛格丽特把一只玻璃杯举到他面前。他从她的表情里看出，她已经不是第一次问他了。他脸红了。

"对不起。"他拿过杯子。"很乐意。"这是白桃酒，酒的味道令他想起他的童年，那时没有黄桃，只有白桃，他想起了母亲在园子里种下两棵桃树的情形。他把空杯子还给玛格丽特。"我的土豆沙拉做好了。我还可以做些什么？你知道我睡在哪里吗？"

"我带你去。"

但是他们给半路"拦截"了。他们在楼梯上迎面碰见了乌利希及其太太和女儿。矮小的乌利希和高大的太太以及高大的女儿。海纳受到他们的欢迎、拥抱，被他们带到了房后的平台上。乌利希的好动不宁和喧响跟从前一样，对海纳来说有些过头了，而他太太自我感觉良好的仰头大笑，他女儿叠加摆放的长腿，短裙，紧身的背心和噘嘴，无聊的、挑逗性的姿态，都让他看不大惯。

"没有电——如果要听联邦总统讲话，我们得坐到我的车子里去。之前在新闻里已经预告，总统将在星期天发表柏林大教堂演讲。我敢打赌，下什么赌注都行，他肯定要宣布对约尔克的特赦。很得体，我不得不说，很得体，在约尔克出来之后，找到了这一小块没有记者和摄像机的地方，他才做这件事。"乌利希望了望四周，"这个小地方真不赖，真不赖。但他也不可能永远躲在这里。你知道他有什么计划吗？艺术界和文化界会要他这样的人，做舞台助理或者灯光助理或者做校对工作。他开始也不妨到我的牙科工场来，但这可能对他来说不够高雅。没什么别的意思，不过，自从我中断了大学学业，成了一名牙科技工以后，你们一直有点轻视我。"

海纳又一次费劲地回忆起往事。游行，乌利希总是参与的，在一次针对一名政坛人士的奶油袭击中，乌利希还找来了一种无害的、但是臭烘烘的液体。轻视？作为一名劳动者的乌利希在那时肯定是被大家钦佩而不是轻视。他于是这样对乌利希说。

"罢了，不说那个了。我有时会读你的东西——高档的。还有你给他们写文章的那些报刊，《明星》《明镜》《南德意志报》——一流的。思想、精神的东西现在不是我的专长了，我是想说，我跟踪它，但是最终置身其外。不过，有关经济的东西——我相信，用我的牙科工场，我就能把你们这些知识分子全打趴下。所以，各人做各人的事，我，你，约尔克。当克里斯蒂安娜打电话来时，我也是这样告诉自己的。各人做各人的事，我对自己说。我不对别人下什么判断。约尔克做了他妈的蠢事，为此付出了代价，现在好了，他该把自己的生活重新弄上正轨了。这事对他来说不会很容易。他从前就不知道工作是怎么一回事，如何跟人打交道，怎样跟这个世界和平共处——他现在又能从哪里知道呢？我不相信监狱里可以学到这些——你说呢？"

海纳想说他不知道，话还没出口，卡琳和她的丈夫从房子里出来，走向平台。海纳为见到这张熟悉的面孔而感到高兴，同时他也为自己再一次立刻记起了与之相对应的名字而感到高兴。卡琳曾经做过牧师，现在成了一个小教区的主教。他几年前为了教会与政治的问题采访过她，去年还跟她一同坐在一场谈话节目里。这两次的经历都令他愉快，同时得以确信，他在大学期间就喜欢她并非偶然。她具有一种令人喜欢的聪慧，他欣赏这一点，因而就不去在意她的声音和演讲中有一种含有艺术成分的柔和与沉稳。牧师们会变得庄严肃穆，他对自己说，就像记者们会变得肆无忌惮。海纳感觉到卡琳也很高兴与他重逢，虽然人们永远无法得知，牧师们的友好是其职业使然还是出于好感。她丈夫埃伯哈德，南德某博物馆的一位退休馆员，比她年长许多，对她的关照无微不至。天有些凉了，他取来披肩给她围上，她则亲昵地表示感谢。这些让海纳想到，在这一对的爱情里，一个女儿和一位父亲的渴望得到了满足。卡琳的丈夫在落座之前就先洞悉了桌上的局面，搬了张椅子坐到乌利希的太太英格博格和他们的女儿多乐之间，并将两人带进一场聊天之中，甚至能不时地引得那张百无聊赖又不甘寂寞的嘬嘴发出开心的笑声。

玛格丽特陪着安德烈亚斯来到平台，并且通知大家，约尔克和克里斯蒂安娜从途中来电话说，他们将在半小时后抵达。六点钟在平台上先喝开胃酒，七点钟在沙龙里晚餐——如果哪位在晚餐前还想要活动活动腿脚，现在还有点时间。她将在临近六点时敲钟招呼大家。

其他人都坐着没动，海纳站起来。安德烈亚斯不属于这个在中学或者在大学的头几个学期里就相互结识的老朋友圈子。他曾经是约尔克的辩护人，但后来退出了，因为约尔克和其他被指控的犯人想要在政治上拉拢他。几年前，当约尔克争取提前释放寻求帮助时，他又做了他的律师。海纳从前也遇见过他。看来这次舞台的设计是下午先让客人们相互熟悉一下，等约尔克到来之后，一切才开始围绕着主角转，那么海纳可以暂时告别一会儿了。他本来就不知道，该怎样和这么多人在这么促狭的空间里一起待上这么多个小时。

他又一次穿过田野绕起大圈子。他慢慢地走，动作不协调，跨着大步，甩着膀子。他在纽约没有给他母亲打电话，回来之后也还没打，感到有些负疚，尽管他知道，她并不记得他上一次是什么时间跟她说话的。他厌恶这个电话仪式，电话中，他母亲一次又一次地要求他高声说话，结果还是得放弃，气馁地放下电话，最后什么也没说。他厌恶去看望她的仪式，她每次都十分期待他去看望，却又总是非常失望，因为她感觉到他的距离。然而没有这个距离，他会无法忍受她和她的痛苦、埋怨和责难。他的手在上衣的口袋里玩弄着电话，打开，关上，又打开，又关上。不，他还是等到星期天再打。

快到六点时他再次来到那座房子跟前，这次是从房子的侧面过来的，穿过一片种着果树的草地，路过一座花园房，花园房低矮的屋檐下堆着一个很大的木材垛。房子的这一侧也有一棵橡树，它曾经被雷电击中，长得矮小、扭曲，而且这里也有一个房门。当他站到这棵树下，望向暮色时，玛格丽特打开了房门，在围裙上擦拭着双手，倚在门框上，望向暮霭，像他一样。门边上挂着一只钟，即刻，玛格丽特就将离开门框，用她两只粗壮的裸露的手臂，抓住那只短短的钟槌，将钟敲响了。海纳不知道她看见他了。突然，她开口向他说话，而身体并没有转过来，只用一种刚刚好越过他们之间距离的声音问道："你听见乌鸫的对唱了吗？"他没有注意到这鸟的歌声，现在听见了。暮色，乌鸫，门框中的玛格丽特——不知道为什么，海纳几乎流泪。

五

伊尔瑟听不见钟声。她坐在自己的房间里写着，她的房间在这座宅子的另一头。房间里摆有行军床、椅子和桌子；桌上放着水罐和脸盆，一支蜡烛、一盒火柴和一束郁金香。这是一个角屋，伊尔瑟可以从这儿的一扇窗户望见那棵橡树和橡树后面的仓房，通过另一扇窗看见大门。

葬礼的第二天乌拉家里来了扬事务所的两个律师。接近傍晚时分了，孩子们等候着晚饭，在房子里喧闹着。年长的律师介绍自己是事务所的合伙人之一，年轻的则是和扬有过特别紧密合作的同事。乌拉认出了这两位：他们在前一天向她表达过悼念，年轻的同事有一次还曾经来接过扬。

"我们和法国的警察通过电话。他们在汽车里没有找到您先生正在处理的文件。请允许我们问一个问题，这些文件会不会在家里？"

"我今天晚上会查找一下。"

但是她的回答不能令这两人满意。事情很急，年轻的说，不过不必麻烦她，他知道在哪儿，接着就从她旁边穿过，上了楼梯。年长的请她理解和原谅，跟着年轻的走进了扬的书房。乌拉本来想一起上去，但是双胞胎在争吵，水又开了。她于是把律师们给忘了。当她和孩子们吃着晚饭时，律师们从扬的书房里走了出来。他们手上抱着一堆文件，然而，他们专程来寻找的文件却没有找到。

当天晚上那个电话来了。乌拉把孩子们送上床，靠着厨房桌子坐着，筋疲力尽，简直无力去感受伤痛和悲哀了。她只想躺下，入睡，一直到几周后或者几个月以后再在一种新的平常状态下醒来。可是她没有力气站起来，跨上楼梯，走进卧室，上床去。她之所以接电话，也只是因为电话就挂在墙上，她不用站起来就能摘下听筒。"喂？"

没人说话。接着她听见打电话的人的呼吸声，而那是他的呼吸声。她十分熟悉这声音，她爱这声音，爱他们俩电话交谈中间的休息，这时候他的呼吸声让她感觉他一言不发地在她身边。"扬，"她说，"扬，说话啊，你在哪里，发生了什么事？"但是他不说话，而当她在恐惧地等待之后再次说"扬"时，他挂了。

她坐着，像被麻醉了。她确定自己没有听错。她同时确定自己必然是弄错了。她明明看见扬躺在棺材里的。扬。

两天后她在信件里看见了尸检报告。姓名，性别，出生年月和出生地，身体数据和身体特征——只是在阅读取样化验和报告中的描述时，她才感到了法语文字带来的困难。她取出词典，投入了工作，虽然她读到的每一个取样都令她痛苦。这样做过以后，她又把整篇报告通读了一遍。直到这时，她才注意到躺在桌上、医生面前的扬穿着的运动衫和牛仔裤。而他那天是穿着正装去事务所的。警察的报告上写的也是这样，他是穿着正装在他的汽车里被找到的。

她去看他们共同的衣橱。她认识他的衣物，包括他的牛仔裤、他的 T 恤衫和运动衫。一件也不少——仿佛问题的关键就在这里。她打电话到丧葬公司。那边的人有点惊讶地告诉她，她先生从法国运来时，身着一件皱皱巴巴的灰色正装。他们说问过她还要不要这件衣服，她想不起来了吗？

那天晚上，孩子们睡觉以后，乌拉给伊尔瑛打了电话。她说，她独自一人已经无法承受了。伊尔瑛出于义务感来到乌拉身边。她和乌拉并不是关系密切的朋友。但是，在乌拉孤独而绝望地想从她这里寻求安慰的时候，她愿意尽自己的所能给予她。

但乌拉并不是想要安慰。她用盔甲裹住了自己的伤痛。她要战斗。她确信这件事里面有名堂，她不愿意就这么算了。谁在幕后？他们把扬弄到哪里去了？他们劫持了他吗？劫持了然后谋害了？

伊尔璨放下本子和笔朝窗外望去。乌拉和她当初像着了魔一样。她们什么没有试过啊！寻找扬最后几周打过很多交道的那个当事人，因为扬做过几次关于他的不祥的暗示。监视因为那些文件而不肯让步的律师事务所。旅行去诺曼底。对于她们来说，没有什么假设是太离谱的，没有什么猜想是太过分的。直到一年以后，她们的狂热消耗殆尽，与此同时，她们的友谊也一起销蚀耗损。乌拉的自尊心受到了伤害，因为伊尔璨不愿意跟她一样相信，扬是被他的事务所或者是一个当事人算计了，被他们逼死了，或者劫持并谋害了；伊尔璨坚持认为，扬只是佯装了他的死，现在正过着他的新生活。她们俩还会见面，还打电话，但是见面和打电话的次数越来越少，中间相隔的距离越来越长，到最后各人都为对方不再来电话而感到轻松。

伊尔璨理解乌拉为什么要投入到这场狂热里。它让她得以搭乘疾帆穿越哀水，当狂热过去以后，她也越过了扬的死。然而为什么这股魔劲也攫住了她呢？是对共同的东西的渴望吗？因为与乌拉一起行动能够满足这种渴望？但是她为什么又不能同意乌拉所坚信的有人设置自杀陷阱，或者是劫持及谋害的阴谋呢？那么是冒险的乐趣吗？是病态的表现欲？她当年有些时刻的确认为，自己正在跟踪一个巨大的秘密。不管是什么把她拽进了这股魔劲里吧——这个东西现在到哪里去了呢？她的内心有什么东西从此以后被压抑下去了吗？到底是什么东西那时就跃跃欲试，如今也许仍然没有放弃呢？

当钟声再次敲响，伊尔瑟终于听到的时候，已经是七点了，已经不能再迟了。房间里没有挂镜子，伊尔瑟打开窗户，在玻璃里寻找自己的形象。她放弃了修饰头发和面颊的企图。"镜子"里的自己太不清楚，而她本来就不善于使用梳子、睫毛膏和口红。然而她还是目不转睛地看着自己。她感觉到对这个女人的怜悯，这就是她自己，她总是太压抑了，因而不论在哪里，都不能全身心地投入。除了在家里——她恋家，即便她那点家庭幸福有些可怜，那不过是一个猫和书的世界，她为此感到有点羞惭。她对着自己凄然无奈地微笑着。晚间的空气很清凉，她深深地吸进、吐出。她鼓足所有的力量，下楼到他们中间去。

六

克里斯蒂安娜是安排了座位的，每一个餐盘前面都立着一个小卡片，卡片上有名字和照片——一张当年的照片。这些照片伴着大声的招呼和惊叹声传来传去。"看呀！"——"这胡须！"——"这发型！"——"我那时是这模样啊？"——"你的变化可是不小！"——"你这照片都从哪儿弄来的？"

除了玛格丽特和海纳，伊尔瑟还没跟其他人打过招呼，于是她一个个招呼一遍。她感觉约尔克很是尴尬，跟她对自己的感觉一样。当他对她的拥抱不作回应时，她先是想，是她的问题。然后她又对自己说，他在监狱里住长了，跟不上这些交往方式的发展变化了，还没有学会拥抱作为相互致意的一种方式。

约尔克的位子在长桌的宽面，克里斯蒂安娜和玛格丽特之间。他对面坐着卡琳，卡琳两边是安德烈亚斯和乌利希。安德烈亚斯和玛格丽特旁边面对面坐着乌利希的太太和卡琳的先生，伊尔瑟和海纳相对而坐，在乌利希和克里斯蒂安娜的边上。在长桌的窄面一边坐着乌利希的女儿，在伊尔瑟和海纳之间，另一边为马可·哈恩预备着，他要晚点才能到。卡琳用叉子敲击着玻璃杯，说："让我们祈祷，"然后等候着，等到大家都克制了自己的惊异，安静下来，并且开始祈祷了之后。"主，请留在我们中间，因为夜晚就要来临，而白天即将结束。"

海纳环顾四周，除了约尔克和安德烈亚斯，所有的人都低下了头，有些还闭上了双眼。约尔克的嘴唇在动，好像他跟着在念叨或者说着他自己的、世俗的、革命的饭前祷词。

"'因为夜晚就要来临'——这是不是说，基督徒们夜里比白天更需要上帝？我不是这样的，我白天比夜间更需要帮助。"卡琳几乎还没念完，安德烈亚斯就已经发问，表现出一种嘲讽意味的兴趣。嘲讽很适合他，和他的瘦条形身骨很相配，包括他刺棱的动作、他的秃顶和冷峻的目光。"而且，为什么说'而白天即将结束'？难道夜晚就要来临和白天即将结束不是同样一件事情吗？"

"他们就是这样，这些搞法律的，把你的话放在嘴里翻来覆去地咀嚼。"乌利希笑道。"不过，真的，卡琳，你不厌烦吗？唱诗，祈祷，布道，对所有的东西和每一件事情都要说上一些虔诚的和聪明的话？我知道，这是你的职业——我的职业有时候也会令我厌烦。"

"这是你获得自由以后的第一顿饭——你不说些什么吗？"克

里斯蒂安娜关切地用手肘碰碰约尔克。

"你获得自由以后的第一顿饭——有饭前祈祷的饭。"安德烈亚斯不依不饶。"你不说些什么吗?"

"这不是我获得自由以后的第一顿饭。我们今天早晨在高速公路上、今天中午在柏林都吃过饭了。"

"所以我们直到晚上才回到这儿,"克里斯蒂安娜解释道。"我想,约尔克应该嗅上一点城市的空气。释放来得这么突然,他们没来得及进行通常的程序。他们前天带他们出去稍微转了一圈——就这么点活动。没有例行的自由适应期,没有白天出狱工作、晚上回监过夜的过程。哎,吃啊,你们还等什么?"她把装有土豆沙拉的大盆推向卡琳,把煎肠往安德烈亚斯前面推。

"谢谢!"卡琳拿起沙拉盆。"我不想回避给我的问题。我经常反感这种不得已的仓促状况,不仅仅是因为我本来就是个慢人。在这种仓促行事中,唱诗、祈祷和布道都不再是真的出自内心,而是成了活计,我必须完成的活计。这对上帝不公,在我也很不舒服。"

"我要说这是一个很好的回答。"乌利希一边点头,一边往自己的盘子里盛沙拉。接着他把盆子推到伊尔瑟面前,同时转向约尔克。"你嘛,我是根本不必问的。"

约尔克莫名其妙地看着乌利希,然后看看克里斯蒂安娜,接着又转向乌利希。"什么……"

"你是不是有时也会感到厌烦？监狱里究竟什么东西是最糟糕的？是有太多的时间和太少的事情可做，缺少了急迫和被催赶的感觉吗？还是那里的饭菜？或者是没有酒喝？没有女人？你是住单间的，我曾经读到过，你是不必工作的——那是很大的优待了，对吗？"

约尔克费力地试图回答，并且已经开始借助手势说话。克里斯蒂安娜插进来圆场了。"我不觉得这些问题非要现在提出来。先给他点时间适应这里，然后你再尽情地问他。"

"克里斯蒂安娜，你这个永远的大姐姐。你知不知道，当我接到你的邀请时，我最先想起的是什么吗？三十多年前我认识你们的时候，你总是跟他形影不离，总是用一只眼睛盯着他，看他正在做什么。一开始我以为你们是一对，后来我才明白，你原来是个大姐姐，照看着这个小弟弟。别老抓着他。卡琳刚刚和我们说了她做主教的感觉，我也很愿意告诉你们，我的工场生活是怎么一回事，如果你们想听的话，而他也可以和我们谈谈他在监狱里的生活。"

伊尔瑟和海纳相互望着。乌利希用的是一种缓和的声调。但是他和克里斯蒂安娜的话语里都藏着一种严厉，仿佛两人在进行一场有所克制的战斗。他们斗什么呢？

"关于孤立惩罚的情况你是不会要听的，你们大家也都不会要听。包括什么禁止睡觉、强制饮食、轮番提审、地下囚室之类。在这些东西之后，才谈得上通常的羁押待遇，我是通过斗争才赢得了一般的待遇的——"约尔克笑起来——"也就是说，当羁押待遇正常以后……噪音很糟糕。你大概以为，监狱里面应该是安静的，但那里其实很吵。每有动作就有铁门被打开，被关上，有人在铁板过道和铁楼梯上走动。白天里，人们相互吼叫，夜间，他们又在睡梦中叫嚷。再加上收音机和电视，这里有人在敲打字机，那里有人挥着他的哑铃往门上擂。"约尔克说得缓慢，不连贯，伴随着那种心不在焉的手势，克里斯蒂安娜早晨已经被这些动作吓着了，这时又一次为此感到惊心。"你想知道什么是最糟糕的？生活在别处。你被从生活里切除出去了，正在腐烂，而且你对这之后生活的等候越是漫长，这以后也就越是没有价值。"

"你那时到底有没有想到会进监狱？我的意思是，你有没有像一个雇员想到解聘的可能，或者医生想到传染的几率一样想到过这个问题？即职业风险的问题。或者你觉得你可以一直干下去，作为恐怖分子退休，步入老年生活，那时有年轻的恐怖分子来赡养你？你有没有……"

"是不是所有人的杯子里都有酒啊？"埃伯哈德的声音是很有力的那种，他用这声音很轻易地就压过了乌利希。"我是桌上最年老的，关于退休和老年生活您应该来问我。约尔克还年轻，下面还有很多年能在自由的条件下工作，充实地生活，我举杯祝福约尔克！为约尔克干杯！"

"为约尔克干杯！"

放下杯子后，大家沉寂了片刻才又开始说话。卡琳的丈夫微笑着对乌利希的妻子发表了一通关于她那个固执先生的议论，安德烈亚斯解嘲地对卡琳致歉，说他是理解祈祷词的，只不过他被魔鬼左右了。克里斯蒂安娜对约尔克耳语道："跟玛格丽特说话！"伊尔璬和海纳在问乌利希的女儿学校毕业的事，以及她的职业计划。

乌利希仍然不肯放弃。"你们这样弄，搞得约尔克像有麻风病似的，而这个病是不可以谈的。为什么我就不能问问有关他生活的情况？他选择了这个生活——和你们选择了你们的和我选择了我的生活一样。说实话，我觉得你们是高傲，是自大。"

约尔克再次开始说话，依旧是缓慢的，依旧是不连贯的。"是这样的……我没有想到老年的问题。我只考虑如何把一个行动完成，或者也许直到下一个行动结束，没有想得更远。一个记者曾经问过我，地下生活是不是很糟糕，他没能理解，那并不怎么糟糕。我相信，每一种你目前生活着的生活，你生活着，并没有在思想中游离在别处时，那就是好的生活。"

乌利希胜利地环顾四周。他差点要说"看,怎么样"。他收住了,耐住性子让各自小范围的谈话进行了一阵。伊尔瑟在问克里斯蒂安娜卡片上的那些照片,她相信自己知道它们是从哪儿来的了。是的,克里斯蒂安娜是从在扬的葬礼上照的一张相片上剪下来的。伊尔瑟问约尔克,他是否还记得扬,而约尔克的回答把她弄得很糊涂,他说"他是最好的"。乌利希的女儿轻声问海纳,他怎么想,约尔克会不会在监狱里变成同性恋,海纳以同样的轻声回答说,他没概念,但是他知道,在寄宿学校、军营和监狱里存在阶段性的同性恋,这种同性恋以后会消失的。约尔克默不作声地吃着东西,克里斯蒂安娜悄声对他说:"去和玛格丽特说话,问她是怎样找到这座房子的!"

但是乌利希抢在约尔克的前面开口了。"你们肯定记得你们的第一件案子和第一次布道,"他朝安德烈亚斯和卡琳点头道,"伊尔瑟一定记得自己上的第一堂课,海纳会记得他的第一篇文章。我永远也不会忘记我的第一个齿桥,在以后做的东西中我再也没有倾注过那么多的时间和爱,而且我在第一个齿桥上学到了终身受益的东西。你的第一次谋杀是怎样的,约尔克?你在他……"

"别说了,乌利希,别往下说了!"他的太太突然忍不住了。

乌利希丧气地举起胳膊,又让它垂下。"好吧,好吧。如果你们认为……"

海纳发现，他并不知道自己该认为什么，他往这一圈人看去，从他们的脸上读出，他们也同样不知道。他惊叹乌利希能这么直来直往，这么无所忌讳。约尔克的生活是约尔克的生活，就如同他们的生活是他们的生活一样——也许乌利希说得对。起码他能够饶有兴趣地、投入地和约尔克交谈。而他，海纳，却只能说一些无关紧要的话。

吃完甜点，约尔克站起身来。"多年来，唉，什么呀，是二十多年来，我都没有经历过这么漫长和安排得这么满登登的日子了。大家别怪罪我，我去睡了。我们明天吃早饭时再见——非常感谢你们都能来，晚安。"他走了一圈，和每个人握手。他对海纳说："你能来，我觉得很有勇气。"这令海纳感到惊讶。

约尔克离开这个房间时，克里斯蒂安娜想要站起来，跟上去。在乌利希嘲笑的目光下，她没有做。

七

约尔克跟安德烈亚斯告别时，后者也站起来，并且没坐下去。"我想，我也该……"

"请不要一起离席！"克里斯蒂安娜跳起来，挥着手，好像要把安德烈亚斯重新按回到椅子上，把其他人跟椅子绑牢。"才十点，上床还为时太早。安德烈亚斯，我真高兴，你终于认识了这些老朋友，他们也认识了你——我很清楚，你忙碌了一天，很辛苦，但是，请再待一会儿。"

她像个生怕自己的士兵全都要叛逃的军官，海纳想。干吗这么害怕我们会从她身边走开呢？

英格博格还在和她丈夫理论。"你不可以这样和约尔克说话！你没看见吗，他已经疲惫不堪了？他在监狱里待了二十多年，刚出来，你不让他找回自己，反而把他弄得如此狼狈。"她环顾四周，仿佛在期待着附和的声音。

卡琳试图和解。"令约尔克狼狈——我没有这样理解乌利希。

不过我也觉得，目前我们暂时不要去碰约尔克的过去，让他安静，应该给他勇气去面对未来。克里斯蒂安娜，他有什么打算吗?"

乌利希不让克里斯蒂安娜答话。"让他安静? 如果说这么些年里，有什么东西对他来说是太多的、过剩的，那大概就是这个安静。他五十五岁上下或者接近六十了，跟我们大家一样，而他的生活曾经是……你们认为应该叫什么? 抢劫银行，谋杀，恐怖主义，革命和监狱——这就是他曾经的生活，他自己选择的生活。我不可以问他这种生活是怎么一回事吗? 老朋友相聚就是图的这个——大家谈论从前的时代，讲述这之后都干了些啥。"

"我们俩一样，大家都很清楚这次聚会不是一个一般的老朋友聚会。我们到这里来，是为了帮助约尔克重新建立起自己的生活。为了让他看到，生活欢迎他回归，人们高兴见到他又回到自己的身边。"

"卡琳，对你来说，这是职业的应有之义。我没有心理治疗的使命。我很乐意给约尔克一份工作干。我也愿意帮助他找到什么其他的事情。为所有的朋友我都会这么做，所以也同样为约尔克。至于他杀过四个人……如果这不是解除友谊的理由，那它同样也不应该是一个屏障，好像他敏感脆弱得不能碰，只能小心翼翼地保护起来。"

"心理治疗的使命? 我想，我只是比你的记性略好一点而已。

不可施暴于人，如果必须，也不能投掷硬物，而只能用软的东西，西红柿和鸡蛋，但是在人民反抗帝国主义和殖民主义的解放斗争中，当然也可以使用枪弹，而我们，处于帝国主义和资本主义的大都市中的我们，有义务做解放斗争的同盟，同盟就意味着，共同战斗——你忘记了吗，我们大家都是这么说的？不仅仅是约尔克，还有他们，"卡琳指着这一圈人，"还有你。是的，在你这儿，这些都停留在口头上——你不必向我解释演说与射击的区别。但是，如果你是在从小就没有母爱的情况下长大的，你还会不会只是停留在口头上呢？如果你像约尔克一样，与他人的交往比较笨拙吃力呢？如果你没有天赋，不能够果敢聪明地抓住生活中的机遇呢？"

"恐怖主义者，我们迷途的兄弟姐妹们？"乌利希摇头，并且脸上做出一种不仅仅是拒绝，甚至是厌恶的表情。"你们也相信是这样的吗？"他望着周围的人。

伊尔瑟打破了沉默。"我当年没有谈论过战斗。我压根什么也没有谈论过。我和那些姑娘们煮咖啡，写蜡板，印传单。你不是干这个的，卡琳，还有你，克里斯蒂安娜，也不是的——我为此佩服你们，嫉妒你们。约尔克和其他人，那些战斗的勇士，我更是敬佩。是的，那战斗是荒唐的。但是当时一切都是荒唐的。冷战，间谍，军备竞赛，亚洲和非洲的热战——每当我回想起这些，觉得这一切都是那么疯癫。"她笑起来。"不是说情况变得好起来了。这以后的袭击、暴动和战争依旧疯癫——我只能说，做这些事的人肯定是疯了。约尔克的这些事已经成为过去了。这难道不重要吗?"

"我知道，卡琳，你是好意。不过，不是这样的，不能说约尔克没有爱……"

克里斯蒂安娜没有再往下说，而是发现有动静，侧耳去听。石子路上传来脚步声，有人打开房门，走过大厅，打开了通向沙龙的门。"我看见门下边有光线，就猜到了……我是马可。"

克里斯蒂安娜站起来，欢迎他，把他介绍给朋友们，把朋友们介绍给他，接着就消失在厨房里，给他做煎肠去了。这一切她都做得迅速，有分寸，不卑不亢。这些朋友根据介绍知道了这个马可·哈恩的名字，却既没明白他是谁，也不了解他和约尔克的关系，都觉得有些糊涂，不过他们却庆幸讨论被打断。他们起身，打开朝向园林的门窗，撤走碗碟，清理烟灰缸，取来新的瓶装水和葡萄酒，换上新的蜡烛。"晚风清凉，"卡琳的丈夫念道①，玛格丽特走到门口，望了一眼天空和被风吹弯的树梢后，预告要有雷雨。伊尔瑟走到她身旁，用胳膊搂住她，自己也不知道为什么。

---

① 《晚风清凉》为德国作家英格丽特·诺尔（Ingrid Noll, 1935— ）一九九六年出版的侦探小说，二〇〇〇年改编为电影。

玛格丽特笑起来，笑声很温暖，同时搂住伊尔瑟，将她贴近自己。

突然间，安德烈亚斯想起这个马可是谁了。"您可是造了太多的孽了。假如关于这两天的事儿有一个字走漏到媒体上，我会控告您，让您吃不了兜着走，再无出头之日。"他恨恨地说过，丢下正欲反驳的马可，转身冲着愣怔的海纳，"我知道您有能耐。但是，关于这里的事，这个警告也对您有效：不许向媒体透露一个字。假如您写了有关约尔克的事，他在获得自由的最初几天里做了什么，说了什么，您同样要有麻烦，而且不是一般的麻烦。"

"您说得没错，"埃伯哈德对玛格丽特说，"天变了。"

马可抓住安德烈亚斯的肩膀。"我们不会看着你和他姐姐把他关起来的。他不是为此而走出监狱的。他不是为此而坚持下来的。战斗仍在继续，约尔克将会走上他应有的位置。我们等他已经等得太久了。"

"别碰我！"安德烈亚斯重复着，甚至喊起来，"别碰我！"

"你们能不能来帮我把庭园里的家具搬进屋？马上要下雨了。"卡琳再次试图营造和平。但是，尽管这两个人跟着过来了，将桌椅折叠起来，搬进房子，却都没有让步。安德烈亚斯在说特赦及其限定条款的问题，说考察期可能遭遇的危险，马可在讲战斗，必须进行的和必须打赢的战斗，宣称那是约尔克的生命。最后，卡琳把安德烈亚斯指派到一个方向，把马可指派到另一个方向去，让他们在不同的地方寻找躺椅。

没过一会儿雨点就落下来了。卡琳四处张望，不知那两只好斗的公鸡跑到哪里去了，然后，她对自己说，他们没有她也能找到回家的路，便自己进了屋。她很想与丈夫一起上床了，很想把头枕在他的胳膊肘上，手臂放到他的胸脯上，打开窗，听着落雨的声响。但是，她逃不开她营造和平、和解、疗伤的使命。乌利希关于我的使命的话没有说错，她想。她想到克里斯蒂安娜，还是孩子时她就承担起一个更大的使命。克里斯蒂安娜和约尔克的母亲去世时，她才九岁，她尽力当这个比她小三岁的弟弟的替代母亲，用爱和惩罚，用抚慰和引导，用鼓励和警告。卡琳感到很懊恼，觉得自己不该说约尔克是在没有母爱的情况下长大的，她伤害了克里斯蒂安娜。她要请求她的原谅，或许她还可以由此把克里斯蒂安娜从她绷紧的状态中引入一场交谈，放松下来。

这时，她听见了那声喊叫，这时，所有的人都听见了那声喊叫。

八

　　乌利希和太太立刻反应过来，那是他们女儿的喊声。他们向四周张望——这声喊叫是从哪里来的？面对着这对一筹莫展的父母亲，其他人这才发现，他们好一会儿没看见他们这个女儿了。"她什么时候走的？"——"喊声是从哪里来的？""从园林来的吗？"——"从房子里吗？"

　　这时从进门的大厅里传来了充满怨恨的骂声。乌利希扯开门，他太太和众人跟着他。在楼廊上站着他们的女儿，赤裸着，还有穿着白色睡袍的约尔克。

　　"你这个窝囊废。交媾就是战斗——这不是你们当年的口号吗？不是说战斗就是交媾吗？你干吗一直看着我的胸脯，如果你做不了这事？你不是男人。你是一个大笑话。看来你作为恐怖分子也是一个大笑话，他们把你关起来，好让你不要老盯着女人的胸脯看。你是一个偷窥狂。你是一个大笑话和一个偷窥狂。"她在她的声音里加进了这么多的拒斥、蔑视、恶心，尽其所能。与此同时，这声音听上去更多的却是绝望，而不是恶心。接着她哭起来。

"我没有看您的胸脯。我对您没有任何企图。请您别来打扰我，请您别来打扰我吧。"

这是怎样的一幅画面啊，海纳心想。这间厅堂里只有很暗的烛光，墙壁上光影晃动，看不清楚多乐和约尔克的脸，于是她的赤裸和他的睡袍就显得更加真切。两人都不再说话，虽然还相互面对着，却充满了排斥。如同在一个舞台上，一个谜一般的、可笑的、无言的场景，楼下所有的人都朝着舞台伸直了脖子。

克里斯蒂安娜厉声指斥乌利希："把你女儿从他身边弄走！"

"你别不得了了！"他这样说着，一边跑上楼，脱下上衣，披在他女儿的肩上，领着她走向楼廊尽头的房门。

约尔克四下望去，仿佛正从梦里醒来，他从后面望着这个身着衬衫的男人和披着男士上衣的赤裸的年轻女子，好像并不知道他们是谁；他朝下面看，看见一进门的大厅，看见客人们尴尬的表情，他什么都不说，慢慢地摇了摇头，迈着蹒跚的、早晨就引起克里斯蒂安娜注意的步子，走向楼廊另一头的房门。舞台空了。

克里斯蒂安娜和英格博格眼看着就要往楼上跑，去关照弟弟和女儿。卡琳感觉这样不好，事情只会变得更不可救药，便用胳膊搂住两人，领她们回到桌旁。"今天晚上发生的事情有点多了。

对大家来说是这样，对约尔克和我们的小姑娘更是如此。明天一切都会好起来。"

"我们今天夜里就回去。"

"让她睡吧。也许她根本不想走。也许她不想让事情就这样搁在那儿，而是要通过什么方法处理好。她是个坚强的姑娘。"

马可觉得她首先是个热辣的姑娘。他用手肘从旁边顶了一下安德烈亚斯。"约尔克怎么了？他干吗把她赶下床？他想做献身志士吗——在尘世里只是战斗和祈祷，女人等进了天堂再要？那里有无穷无尽的处女？"他摇摇头。"他其实从来没有……"

安德烈亚斯一句话不说，转身走开了。然而，当他想要拾级上楼时，约尔克朝他迎面走来。他脱了睡袍，又穿上了牛仔裤和衬衫。"刚刚是个难堪的情景，我不希望这个晚上这样结束。"他费了很大的力，才能直视安德烈亚斯；他的目光一次又一次游离开，又一次又一次被他强迫拉回来，迎对安德烈亚斯的目光。然后他走向正在谈话的海纳和卡琳的丈夫，重复刚才那句话。安德烈亚斯跟着他，马可也走过来，同样听见了这句话。现在他们站在他的对面，等着他继续说下去。在他们发现他只准备了这一句话的同时，约尔克自己也发现，这一句话是不够的。"我……我刚刚留下了一个不好的形象，我知道。克里斯蒂安娜为我获得自由的第一个夜晚专门找人缝制了一件睡袍，因为我喜欢穿睡袍，而睡袍现在已经买不到了。我穿上了它。我没想到，你们大家都会看到我穿着睡袍的样子。"他发现，他说了这些也还是不够。"我和她……我们误解了，只是误解。"现在行了。他对发生的事情表示了遗憾，他承认了自己留下了一个不好的形象，他表明了他们之间是一场误解——他做了他该做的事情，其他人应该不要再来打扰他。他看着大家说："我再喝一杯红酒。"

九

乌利希坐在女儿的床边。她把被子一直拉到下巴，把头转了过去。乌利希看不见她在哭，只是听见。他将手放在被子上，摸着她的肩膀，并试图让他的手有一种安慰、镇静的力量。当她的泪水开始干涸时，他等了一会儿，然后说："你不必感到被羞辱了。他只不过不适合你。"

她把被泪水浸湿的脸转向他。"他打我了，不重，但是打了。所以我才喊的。"

"你让他受不了了。他并不想伤害你，他只想摆脱你。"

"为什么？我会给他好的感觉的。"

他点头。是的，他女儿是这样想的，她会带给约尔克好的感觉。并不是说这是她的目的，她并不是为了他、为了对他好而投怀入抱的。或者说，不是因为她突然之间爱上了他。她想要跟这个著名的恐怖主义分子上床，是为了可以出去说，她跟这个著名的恐怖主义分子睡过觉。但是，假如她没有告诉自己说，她这样做，对他，对被监禁了这么多年之后的他，也是有好处的，她也不会做这件事的。

他回忆起自己曾经是怎样将著名的男人们都搜集起来的。他是从杜奇克开始的。那时他还是个中学生，为了见杜奇克，他逃学，乘车跑到柏林，不屈不挠地坚持，直到他见到杜奇克，还就学校里的斗争问题跟他交流了几句。别人都以为他特别左，他也乐得人家这样看他，有时自己还真的像那么回事了。但实际上他知道，他只不过是想要亲身经历他们而已：杜奇克，马尔库塞，哈贝马斯，米切利希，最后还有萨特。经历后者的故事是最令他为之骄傲的。他又一次径直上了路，这次不是乘火车，而是开车去的。他在萨特的住宅前等了两天，直到第三天他才得以上前跟他说话，和他在咖啡馆里坐了几分钟，还喝了意大利浓缩咖啡。后来有一个女人来到桌前，萨特就走了——乌利希到现在都还在为此生气，因为他没能认出那是西蒙娜·德·波伏瓦，没有以同桌客人的身份发表一句优雅的议论，在两人面前表现一下。当时他的法语还是很不错的。

此刻，他对遗传因子果然包罗万象感到惊讶。他从来没对女儿讲过自己的这种搜集热情，也就是说，她热衷搜集的劲头不可能是从他这里学习来的，而只能是从他这里遗传来的。他想起几年前看到她穿鞋带，将新鞋带穿进她的运动鞋，她总是交叉着穿，左脚鞋上向右边穿的带子压在向左边穿的上面，右脚鞋上向左边穿的带子压在向右边穿的上面，最后形成的是相互映照的穿法。他的穿法跟她是完全相同的，但他从来也没有做给她看过，也没有在她面前穿过鞋带。

"能不能请你把窗户打开，爸爸？"

他站起来，打开两扇窗，让清凉、湿润的空气和雨声进入房间，然后重新坐到床边。

他女儿看着他，好像是想从他的脸上读到问题的答案，而这是一个她还根本没有提出来的问题。她给自己鼓了鼓劲儿。"我们能不能明天一早就走？在我还不会遇到其他人之前？"

"让我们再等一等，看看我们明天早晨的感觉。"

"但是如果我不想见到其他人，我就可以不见——答应了？"

他最后一次是什么时候拒绝她的请求的？他想不起来了。但是他也想不起来，她女儿曾经有过一个要求逃跑的请求。她总是有什么东西想要得到，一件连衣裙，一个化妆品，一匹马，一次旅行，他把这些请求理解为生活饥渴的表达：生活的一切，世上的一切，只要有可能，她都没有够了的时候。生活的饥渴，生活的勇气——二者不是一体的吗？他的女儿不是一直在寻找挑战吗？他非常乐意地送给了她那匹马，因为她七岁时就是一个大胆的女骑手，他送给了她美国之旅，因为她要在十六岁的时候和她的好朋友一起，坐灰狗巴士了解这个国度。

"我一直欣赏你的勇气。"他笑道，"你是一个娇宠胡闹的小丫头，我知道，但你不是胆小鬼。"

她已经不再听他说话了。她睡着了。她不再噘着嘴，脸上露出一副可爱的、平和的、稚气的表情。我的天使，乌利希想。我的拥有金色鬈发、丰满嘴唇和高耸乳房的天使。乌利希从来就无法理解那些在其尚未发育的女儿身上感觉到性吸引的父亲，也不懂亨伯特，这个不是把洛丽塔作为女人来爱，而是作为孩子来爱的家伙。但是对于那些父亲和老师，那些被他们的女儿们和女学生们吸引和征服的父亲和老师，他感同身受。不，他不是感同身受，他是他们中的一员。每一次，他都要拿出全部的力量，让自己，当女儿跟他谈话时，真的在倾听她，而不是盯着她的嘴唇；当她从楼梯上下来时，不是盯着她弹跳的乳房，当她在他面前走上楼梯时，不是盯着她的臀部。而在夏天，当她的衬衫和内衣让她的乳房若隐若现时，她的步态不仅带着乳房舞动，而且令乳房的表层形成小波浪般的颤动——那时，你会感到一种折磨，一种甜蜜的、骄傲的折磨，但是一种折磨。

约尔克的脑袋上没长眼睛吗？或者是他钻进了牛角尖，只能在女革命者身上发现美丽，因为这样的女子意识形态方面完全合乎他的心意？或者是他在监狱里变成同性恋了？或者他已经不会那事了？干脆不会了？乌利希庆幸他女儿和约尔克之间没有发生什么。他不知道他女儿积累了哪些性经验。他希望她体会爱和幸福，而不是经受伤害。他不能想象，她与约尔克会擦出火花。然而，尽管感到庆幸，约尔克拒绝了他的女儿，还是让他的自尊心受到了伤害。这事很愚蠢，而他有心要报复约尔克，就更加愚蠢了。他知道这一点，但是这没有用。再说，约尔克和克里斯蒂安娜对他的态度从来都是傲慢的，为此，他一直都很恨他们。他只是一直不知道有什么办法可以发泄这个恨罢了。

他竖起耳朵。女儿发出了轻轻的鼾声。雨水打在树叶上和房前的石子上。间或，雨水在水管里发出咕噜的转悠声。有一支萨克斯管在演奏，曲调缓慢而忧伤，听起来，像是从遥远的地方传来。乌利希疲倦地撑起身子，关上一扇窗，让另一扇只开着一道缝，然后踮着脚尖走到门前，小心翼翼地打开门，又关上门。现在萨克斯管的声音听得清楚了，是从下面传来的。他知道这个乐曲，但忘了它叫什么名字，也不知道是谁演奏的了。当年他们会用口哨吹这个调子，在相互接头时作为暗号。当年——他跟这些老朋友在一起待的时间越长，对他和他们在那个时候想要的东西和所做的事情回忆得越清晰，过去对他来说也就越加陌生。

一个人的生命竟然可以就这样流逝掉了。他尝试着回想他的孩童时代，他的学校，他的第一次婚姻。许多画面、事件和氛围聚拢到他面前。他可以对自己说，当时情况是这样的，这事是那时发生的，我当时的心绪是这样的。但是表面上那好像是一部电影，他有一种被欺骗的感觉。于是他生起气来。我干吗也要在过去的东西里来回捣鼓？我平常本来是不干这种事的。我是一个现实的人。我只关心眼下，关心明天。

他明天不会启程。

十

　　萨克斯管的演奏结束，克里斯蒂安娜按下了她的便携式小收录机的结束键，这时，大多数人都起身告别了。"晚安。"——"睡个好觉。"——"明天见。"

　　伊尔瑂继续坐在桌旁，尽管她感觉到，约尔克和马可宁愿她不要在场。马可连克里斯蒂安娜都想摆脱，但是即使天塌下来她也不会离开的。而且约尔克也要她在这儿，他既面对着马可，也面对着克里斯蒂安娜，也同样给她斟酒。三人之间形成了一种高度紧张的气氛，伊尔瑂能感觉到电流吱吱作响，令人兴奋；所以，虽然她的羞怯催促她不声不响地消失，她却置之不理。

　　她注意地听。但是后来她就觉得他们所说的东西很无所谓了。在她看来，约尔克、克里斯蒂安娜和马可之间交流的话语很是随意，就像棋盘上棋手用来厮杀的棋子的材料，那是无所谓的，随意的。三个人的战斗并不反映在话语里，而表现在他们的声音、表情和手势里，在克里斯蒂安娜的犀利里，在马可恭维的纠缠里。

55

马可做出一副胸有成竹的赢家的样子，而克里斯蒂安娜却越来越绝望。约尔克说的话不比另外两个人少，声音也不比他们低。但是，伊尔璨越来越明白，他其实并不在战斗。另外两个人在战斗。他们为争夺他的心灵而战。

约尔克在享受这些。不仅仅在享受葡萄酒，这酒也灵活了他的舌头，染红了他的面颊，赋予了他的动作以柔和。不仅仅在享受温暖的、把他的皱纹软化了的烛光。这种立于中心的地位，这种感觉，他对于克里斯蒂安娜和马可是多么的重要，多么的珍贵，这在激活他。这令他年轻。于是他不断地刺激这两人，让他们坚持不懈地为自己战斗。

"他几乎还是个孩子嘛，"约尔克安抚克里斯蒂安娜，后者指责马可，他让约尔克给暴力大会写致敬信差点断送了这次的特赦。马可于是要表现出自己虽然年轻，却是清醒的革命者，因而完全有权利去争取约尔克。"你想剥夺我的基本权利，"他指责克里斯蒂安娜，因为她不想让他与大会的组织者会面。这样一来，克里斯蒂安娜不得不向他保证，在她眼里，他其实是多么的深思熟虑和优秀。

马可仍不松动。他对约尔克说："我并不想让你涉足所有、每一件事情。但是我们需要你。我们不知道，我们应该怎样跟这个制度做斗争。我们争论来争论去，有时我们中的几个人去搞一次行动，在联邦检察院前放一把火或者在火车站里拉一次警笛，让火车晚点，但这都是些小孩子的把戏。而我们是有可能来点真格的东西的，和其他的同志一起。他们用他们的能量，我们运用我们对这个国家的知识——联合起来，我们就可以真正打在他们的痛处。然而，这时有人说话了，可别和这些人联合，如果跟他们联合，我们就完全可以和右翼分子联合了，另一些人则说，正是，为什么不干脆去和右翼联合呢，于是又开始了那些老掉牙的讨论，那些你早就丢在身后的问题，就是能否对人使用暴力，或者对物，或者完全非暴力——我们需要一个权威人士。其他的'红军旅'①人物全都屈膝投降了，全都大哭大悔了，表示道歉了——你没有。你不知道，你享有怎样的权威性。"

约尔克摇摇头。不过也只是因为他想要听到更多的：关于他在监狱里的坚定不移，关于年轻人的钦佩，关于他在他们中间的权威性和关于他的责任。是的，马可让他确信，由于他的权威性，他就应该承担起责任，他不可以置年轻人于不顾。

克里斯蒂安娜能用什么来抵御这些呢？只有叫约尔克不要着急。"你离开监狱还不到二十四小时，还……"

"不着急，"马可嘲笑道，"不着急？他被迫等了二十三年了。

---

① Rote Armee Fraktion (1970—1998)，简称 RAF，德国左翼恐怖组织。

他坚持了二十三年，成就了他的今天，成为一个榜样。你是很想把纳尔逊·曼德拉从罗宾岛送到阿尔高夏季疗养地来的——是不是？"

纳尔逊·曼德拉？伊尔瑟看着约尔克——他有点尴尬地微笑着，但是没有反驳。他就如此强烈地渴望得到世人的承认吗？如果是我呢？二十三年过后也会变得饥渴难耐吗？我能抵御住马可吗？他很能干。当他一脸真诚，蓝色的眼睛直视约尔克时，给人的感觉就好像是他正无比信赖地将自己的青春交付给他。不管约尔克是否相信可以进行一场新的反抗制度的斗争，一场和基地组织的合作，是否相信自己可以作为榜样的角色——但他相信马可对他的敬佩，相信马可不只是代表他一个人。

"你忘记了吗？你多少次谈到对大自然的渴望？渴望树林和草地，春天的嫩绿和秋天的色彩斑斓，刚刚割下的青草和正在腐烂的树叶的味道？还有你对海的渴望——有几次你说到，释放后，你要长久地在海滩上走，长久地望着海浪，直到你内心也具有了海浪的那种均衡协调。有时你会梦见一个很大的花园，花园里有许多果树，你春天里躺到果树下的躺椅上，裹进一个厚实的被子里，不受凉气的侵袭——别让你的梦想落空！"

有马可在场，约尔克对自己的这些渴望感到有点不自在。"我那时绝望了，克里斯蒂安娜。我现在更加明白了，我负有双重的责任，不仅对我自己，而且也对那些相信我的人。现在雷雨过去了，我想跟你再到林子里、草地上走一走。"他微笑着对克里斯蒂安娜说。"愿意吗?"

克里斯蒂安娜再一次立即和解了。她刚才太敏感了。约尔克告诉她的对自然的渴望，没有对马可说。约尔克还没有起身，她已经站起来，等到他也站着时，她挽起了他的胳膊，像个情人似的靠在他的身边。

"我们需不需要带一个手电筒?"

"不需要，我熟悉所有的路。"

"我们回来时，你们肯定都上床了。把酒喝完，晚安。"约尔克挥着左手，右手揽着克里斯蒂安娜的腰。他们打开通向园子的两扇门，走上平台，消失在夜色里。

"那好吧。"马可把瓶子里剩下的酒倒给伊尔瑟和自己。"你来不来一根?"他递给她香烟。

"不，谢谢。"

马可慢慢地点上烟。"你整个晚上都那样看着我，似乎在问你自己，我是不是真的相信自己说的这些话。或者我是不是脑子进水了。是这样吧? 相信我，我脑子正常，我相信我说的这些东西。相反我问自己，你和你的同类是否明白，这个世界是怎么了。你肯定认为，'九一一'是一个疯狂的罪孽。不对，没有'九一一'，最近这些年的一些事情一件都不会发生。比如说人们对巴勒斯坦人给予了新的关注，无论如何这是通向近东和平的钥匙；再比如对穆斯林的关注，怎么说他们也占了世界人口的四分之一；还有那种对世界所面临威胁的新的敏感度，从经济方面的到环境领域的；人们得到了教训，知道了剥夺是要付出代价的，而且这个代价越来越高——这个世界有时需要一个惊骇，它才能去反思。就像我们人类——我父亲在他第一次心肌梗塞之后终于活得比较理性了，他本来早就该这样生活了。而另一些人则需要经过两次或者三次心梗。"

"有些人死于心肌梗塞。"

马可捻灭抽了一半的香烟，喝干了酒杯，站起来。"唉，伊尔璦——我没叫错你的名字吧，伊尔璦？——现如今，死于心肌梗塞的人，是他自己的责任。晚安。"

十一

伊尔瑟在自己的房间里，在黑暗里，坐了一阵，然后才点上蜡烛，打开她的本子。

"他是最好的"——约尔克对扬的评价一直盘旋在她的脑子里。他说的是不是另外一个扬？如果他指的是这个共同的朋友，那么，"他是最好的"如果是指他生前，那么这与约尔克在葬礼时说的那些话是很不相符的，会显得十分奇怪。而他用现在时说"他是最好的人"，这就完全不对头了。除非是，这个共同的朋友扬当年真的没有自杀，而是把自己从旧生活中解脱出来了，以便开始一个新的生活，一个恐怖分子的生活，他今天还在过的生活。那么约尔克在葬礼上的蔑视就只是做给大家看的，而今天的赞佩才是真的。如果是这样，扬也应该获得这种赞赏：一个让人抓不着的恐怖分子。

伊尔瑟回忆起她们当年的调查，想象着扬如何把他们所有的人都给骗了。他肯定是把丧葬公司给收买了或者恐吓了。丧葬公司把他从法国接回来，拉到德国，安放灵柩，下葬。丧葬公司也可以找来另一具尸体，那具法国的法医在桌上见到并检验的尸体。公司给了法医这具穿运动衫和牛仔裤的尸体，而不是穿正装的，是一个事故——也许是扬忘记带第二件正装了。还应该有一个人帮助了扬：一位医生或者一位护士。

法国警察当时接到了一个匿名电话。六点钟，一个阳光灿烂的春日，一个寒夜之后清冷的早晨。一名警察骑着摩托车来到陡峭的海岸，在被告知的地方找到了那辆被搁置的汽车。出于怀旧和附庸风雅的混合的心态，扬以一辆雪铁龙"丑小鸭"，抗拒着事务所的同事们开的奔驰车。发动机耗尽了汽油，已经有一段时辰不再运行，玻璃明净，警察可以清楚地看见扬，倚窗向后靠着，嘴张着，眼睛也张着，双手放在膝上。警察还可以看见发生了什么事，从排气管里引出一根管子到副驾驶座位那边，再通过仔细密封了的窗户进入到车子里面。他打开车门，扬从座位上滑下来，从汽车里滑到地上。他看上去是死了，只有死者才是这个样子，摸上去也是这样：皮肤冰冷，肤色发青，没有气息。警察通知了警局中心，叫了一辆救护车，并在车子到来前拍了很多照片：汽车，排气管上接着的管子，窗户上的管子，油门踏板，扬躺在车前的地上，从上面、前面和侧面拍下的扬的脸。

伊尔璪和乌拉一遍又一遍地看了这些照片。到了诺曼底之后，她们专门听了这位警察的讲述。他叫雅克·博姆，有三个孩子，对她们充满了同情，很愿意仔细地讲述这件事情，耐心地回答她们的问题。打电话的人是匿名的，这一点不可疑吗？不，那是星期天，打电话的人不想做证人，以免耽误他的时间。为什么第一辆救护车来了以后，又来了第二辆？救护执勤车全部与警察局的信号相连接，有时候匆忙间两辆车都想完成同一个任务。雅克·博姆和伊尔璇及乌拉先是坐在警察局里谈，然后又去咖啡馆继续谈，直至她们觉得能够想象得出所有的情况了。

现在，伊尔璇想象着这之前和这之后发生的事。

扬靠在车边上等着油箱的油耗尽。夜很黑。云遮住了月亮和星星，没有光的反射——方圆几十里都没有一座城市。远处，扬认出有一座灯塔在发光，那光线并不比一颗明亮的星星亮，一明一暗忽闪忽闪有规则地发出微弱的亮光。

牧师之子，中学时代喜欢神学，大学时代感兴趣于哲学。一生都尽职尽责，信守道德规范——扬的思绪从他看不见的星空到他感受不到的道德法则，到他马上要迈出的一步：离开妻子和孩子。过去的几周里，在思考这件事的时候，他都是用这样的考虑安慰自己，现在也一样，就是他们永远不会知道他做了什么事。他对他们来说已经死了。死去的人，只能被哀悼。即便是自杀的人，也不会被控诉，而只会被怜悯。他给他遗弃的人所带来的，不是被遗弃的痛苦，而是被剥夺了某人的痛苦，一种不是由人，而是由死亡引起的痛苦，一种我们无法抗拒的，必须要学习接受的痛苦。他的思绪继续延伸，他想到新的生活，他在新生活里将会具有的力量，幻象的力量，没人知道它的真身，而它的踪迹消遁于虚无。于是他的行动可以更加无所忌惮。他将会载入历史，先是作为无名氏，日后可能还是会以他的真实身份，只要他有一天揭示出，是谁强迫这个制度屈膝投降，俯就于正义的。对那个可疑的企业，那个他的事务所硬要他承接的客户，他已经动了手，毁掉了其案卷，并且不管怎样拿走了它一百万。

扬感到很冷，虽然轻轻地突突作响和微微颤动的汽车还能传送出一点温暖。他知道，马上他就要变得更加冰冷了。

马达咳喘了几声，慢慢沉寂下来。但是，夜并不宁静。海浪大声喧哗着，拍打撞击在岩石上，再卷着沙石哧哧地返回大海。不时有一只海鸥在鸣叫。扬看看表。三点了，那些人随时可能到来。或者只来一个？

这时扬听见了汽车声。当车子翻过一个高坡时，声音就响些，接着他还不时看见停车灯上面的前灯打出的光，而当车子沉进坡底时，声音又变小了。在土路和公路岔开，往陡峭的海岸延伸的地方，汽车停下了。扬听到汽车的关门声。哦，只来了一个人。

法国的同志们送来了一位女士。她友好，就事论事，没有废话。"你知道吗？如果你运气不好，会死的。"

"知道。"扬不会死。他知道。

"你得露出膀子上的静脉。"

扬脱下上衣，放到汽车顶上，解开衬衫袖口的纽扣，把袖子往上拉。她递给他一只手电筒，同时用手势要他配合。他咬紧打架的牙齿，给她照亮。她抽了一针筒东西。"先是安定。"她把针头戳向他的静脉，他把眼光移开。而当她总也注射不完时，他还是看过来了。她并没有用特别多的时间，只是这一针特别满。这女士打完针，给他一块纱布压住针眼。"现在还要打'心脏绿'。"这药此前没有谈起过。不过第二针打得很快。

扬把袖口扣好，穿上外衣，坐进汽车里。她用手电筒的光在地上扫了一遍，确信没有纱布、针剂包装的残余物或者针剂瓶落到地上。她站在打开的门边，向他解释下面该怎么做。"十五分钟后你就会睡着。六点钟的时候你将冷却，呼吸微弱至极，只要警察不是特别仔细，就会认为你已经死了。实际上那时你已经几乎没有呼吸了。警察有什么理由要特别仔细？他们叫救护车来就行了。"她笑道。"'心脏绿'是我的主意。它能使尸体显得非常逼真。"她翻起他变得沉重的眼皮，往他的眼睛里照了照，拍了拍他的面颊。"六点半或者六点四十五分，我们的救护车来接你。祝你好运！"她关上车门，走了。

恐惧突然袭来。突然间，本来只是像是死亡的东西，让人感觉是真的死亡。他的生命走向终结，此后而来的，不再是他的生命，而是另一个人的。假如这个生命会到来的话——扬不再确定自己不会死了。游戏死亡是来不得的，跟死亡开玩笑是来不得的。他……

在剧烈的对死亡的恐惧中，扬失去了意识。

伊尔璎合上了她的本子。她很想再喝一杯红酒，但是这寂静、漆黑的房子令她害怕，她不敢去厨房。当她躺在床上时，她害怕入睡，好像她也要随着入睡去冒犯死神。或者我们每次入睡时，真的是这样？那么这个告别又是怎样的呢？如果我们作为另外一个人死去，同时又要继续活下去？

这时她也睡着了。

十二

　　伊尔瑟其实是不必害怕这寂静和漆黑的房子的。克里斯蒂安娜还坐在厨房里，桌上点着一根蜡烛。烛光里，她正喝着红酒，一杯喝完之后又是一杯。她在问自己，如何才能把新的一天打理得比过去的一天好一些。过去的一天里没有一件事是成功的，是像她所期待的那样。约尔克当然应该得到承认，他失去这个太久了。但是这种承认不应该是来自马可啊——克里斯蒂安娜一直都与这些支持者保持着距离，并且尽其所能阻止他们与约尔克接触。约尔克首先应该从这些老朋友方面获得承认，然后通过做报告、接受采访、参加谈话节目去获得承认，最后再在一家有影响的出版社出版一本回忆录。他有这个资质，她知道，而且她也知道，听众或读者喜欢这种经历过地狱的人，喜欢了解他们的思想和感悟。但是假如他跟马可搞到一起，他就葬送了自己生活的机会。此外，为什么他对玛格丽特不感兴趣？她的温暖和开朗恰恰是约尔克所需要的。自从她九年前认识玛格丽特以来，她就知道，她对约尔克再合适不过了。玛格丽特这些年来也听说了关于约尔克的很多事情，她甚至表现出兴趣，愿意到监狱里去看望他。尽管如此，克里斯蒂安娜并没有带她去见在押的约尔克，她要把她保留给一个自由的约尔克。现在约尔克自由了，事情本该起步了。然而什么都没有发生。而那件睡袍——它本来应该让约尔克开心的，结果却搞得他很狼狈。他肯定要为此怨恨她。

在深夜难眠时，我们是多么的束手无策！那些愚蠢的想法，在我们的聪明清醒着的时候，它们完全不堪一击，此时却令我们深陷其中，无力自拔。我们沉湎于无望的情绪，而白日里，洗衣、泊车、安慰友人这类琐屑的成就都足以与之抗衡。我们悲伤难抑，而打完网球、跑过步或者举重之后，筋疲力尽的我们都能面对悲情，斩获胜券。无眠之夜，我们打开电视机，或者取来一本书，却并不能由此得以入睡，而是在这些画面和页面上垂下眼帘，自己又重新沦为愚蠢思绪、无望和悲情的牺牲品。克里斯蒂安娜甚至没有一台电视机或者一本书。她有红酒，但是红酒无助于事。她该怎样抓住第二天？她没有概念。

但是她必须做好。如果她不能给予约尔克比较美好的新的一天，她还有什么希望能引导他进入一个比较美好的新的生活？约尔克，这是一个从未真正生活过的人，从未经历过有工作和同事、有一个固定的地点的生活，而是永远处于出发的状态，永远要在他目前之所在以外的一个地方，做不同于目前之所为的事。她必须教会他生活。

她当初不该对他不停的行动状态加以鼓励。那时她曾经为此感到骄傲，因为她的小弟弟对其梦想的那种不同的时代和世界是如此精通，他对这些时代和世界的叙述是如此生动。她为他那些行为之高尚深受感动，那些他在想象中完成的行动：与法尔克·冯·施陶夫一起拯救玛丽城堡，与托·爱·劳伦斯一起拯救阿拉伯人，与罗莎·帕克斯一起反抗种族隔离。这难道不表明他是一个好样的小伙子吗？后来，他的幻想转向了现实和未来，从"啊，假如我能够"到"啊，我是能够"和"我必须要"。这时她也仍然给予他支持。他对这个世界糟糕状况的不认同，他为正义的斗争，对压迫者和剥削者的反抗和对被欺压和被侮辱者的帮助意愿——对这一切，她怎么能够不赞同呢？但她是不该这样做的。她更不该让他感觉到，她是怎样热望看见他成为一个做大事的英雄。

她知道，很多母亲对她们的儿子怀有过高的期待，因而毁了他们。而她不是约尔克的母亲，她更不是那样一个没有自己的生活、对自己无可期待、一切寄望于儿子的母亲。而且，她无论怎样都是爱约尔克的，无论他是否做成大事。不，她不可能以自己的期望对约尔克造成伤害。或者还是可能的？

抑或是她太专注于自己的生活了？她是不是应该放弃医学专业的学习？那些年她为学业花费了很多精力，而那时正值约尔克的发育阶段。当他从大学学习中游离出来时，她正在做专科医生，很少有时间关心他。她很久都没有发现，有什么东西正在酝酿着。等到她发现时，已经太迟了。

她摇了摇头。不想过去的事了。要想的是，我怎样才能给约尔克一个未来？他现在得到的最好的机会，是一个出版社的见习职位。一个收入不错的见习职位——但光这一点她就不喜欢。见习的位置是很紧张的，见习生干活报酬都很少。出版商只是想要满足他自己革命的和恐怖主义的浪漫情调，利用约尔克来装饰自己，同时也做出一点付出，但他并不是真的对约尔克的工作感兴趣。不知海纳能不能为约尔克在某一个报社找到什么事儿？卡琳在教会有什么可能？乌利希在他的工场？乌利希很有可能为约尔克谋到一个位置。但是约尔克不会愿意穿上白大褂做牙齿的。他也不是非要去做，如果他能在第一次出场参加谈话节目时表现得体的话。他需要一个指导。但是他会听从指导吗？

她对下面几周感到担心。她去上班了，他会做什么呢？会不会因为不敢走进人群中和走到大街上而待在家里？或者因为渴求世界、渴望生活而一个接一个地干傻事？她聘请了邻居的儿子来教约尔克电脑和上网。她在客房和约尔克的房间里放了一些文稿和书，那是他三十年前写硕士论文时用过和留下的东西。在监狱里，他不愿意继续弄这些东西。也许现在自由了会愿意？她其实并不相信。在担忧中，她看见约尔克穿着一件发光的合成材料的运动衣，拖着步子，穿行在那些失业人员聚集的区域，没有计划，没有目标，也没有勇气，周围的人牵着狗，抽着香烟，握着罐装啤酒在街上游荡。

她知道自己该上床睡觉了。如果她很疲乏或者脑子昏昏沉沉的，怎么能把新的一天驾驭得更好呢？她站起来，环顾一下四周。水池旁边堆放着一大摞脏兮兮的餐具，炉灶上摆着黏糊糊的煎锅和煮锅。克里斯蒂安娜叹了口气，为这任务的繁重感到吃惊，同时又感到轻松，因为这活儿不像约尔克的事那么烦，是可以胜任的。她又点燃了几支蜡烛，烧上水，在水池里放上三分之一的冷水，倒进洗涤剂，刮掉盘子里剩下的煎肠和沙拉叶子，把它们一个接一个地放入水中。等炉子上的水开了，她把热水倒进水池，再接满冷水继续烧。玻璃杯，盘子，碗盆，刀叉，然后是煮锅和煎锅——她手上的活儿很利索，脑子清爽些了，心情也平静些了。

这时她感觉到有人在注视着她，她抬起头来。海纳倚着门框，牛仔裤，T恤衫，双手插在后面的裤兜里。

十三

"你这样看着我多久了？"她问，随后重又弯腰对着手中老也洗不干净的煎锅。

"洗这两个锅的时间。"

她点点头，接着洗。他站在那儿，继续看着她。她问自己，该怎样去经受他的目光。他在她身上看得见当年那个令他喜欢的女人吗？他重新见到她是怎样的一种感觉？是欣赏，是怜悯，还是惊骇？

"你干活儿时，会用叉开的小手指把头发掠到耳后去——你当年就这样。还有你扭转身子的动作很独特，换了别人的话，会向左或者向右迈上一小步；还有你的问话，简短，严肃，毫无多余的表示。"还有，海纳心想，你这个样子，像从前一样，让我马上有点良心不安。不，你没多大变化。而且我对你的反应，也没有怎么变。

海纳发现克里斯蒂安娜棕色的头发夹杂着灰白，眼睛下面出现了眼袋，鼻子下面，从鼻翼到嘴角，皱纹已经很深。他看见她双手上的老年斑，脸上的雀斑已变得暗淡无光。他看得出来，克里斯蒂安娜对自己的身材并不上心，不运动，不做体操，也不练瑜伽。他看在眼里，但并无所谓。她比他年长几岁，这一点当年就很吸引他。而这一点当年吸引过他的事实，令她现在年轻了几岁。

"那时究竟发生了什么事？"

她没有停下手中的活儿，也不抬头。"你指什么？"

海纳不能相信这个回话是真的，于是没有回答她的问题。但是过了一会儿，她又问了一遍，仍然没有放下手中的活儿，没有抬头。"你想知道什么？"

他叹了口气，离开了门框，对着矿泉水箱子弯下腰，取了一瓶水，走了。"晚安，克里斯蒂安娜。"

她将餐具冲洗完毕，擦干净炉灶和桌子，放掉水池里的水。然后她又拭干那些锅碗瓢勺，尽管它们都可以自己晾干。然后她把明天早餐的餐具摆好。然后她坐下来，又给自己倒了一杯酒。这一切，冲洗、拭干和准备餐具全都无济于事。她必须和海纳谈。他是记者，太有权了，对约尔克的前途太重要了，她不能得罪他。她必须回答他的问题。但是她该对他说什么呢？真话？

她吹灭蜡烛，穿过大厅，走上楼梯，经过过道，来到海纳的房前。门下面透出光线。她没敲门，轻轻地打开房门，走了进来。海纳躺在床上，头靠着枕头倚在墙上，就着烛光读书。他望过来，显示出平静和接纳的神情。是的，她当年就很喜欢他的平静，喜欢他愿意接纳她，接纳她的愿望、思想和情绪。接纳是某种宽松的东西，它向所有的人敞开，向每一个人。或者只不过是她害怕如此？她看见这种接纳和平静写在他的脸上，在专注的眼神里，在他的薄唇阔嘴、坚定的下颚上。

"你这样会把眼睛搞坏的。"

他放下书。"不会，这是一个虚假的真理，是我们小时候从大人那儿学来的东西，就像人们说食油可以涂抹烧伤，可乐可以治拉肚一样。"

"你在读什么？"

"一本长篇小说。讲一名女记者和一名男记者的事，他们的竞争、他们的爱情和他们的分离。"他把书放到床边立着蜡烛的椅子上，笑起来。"作者和我曾经有过一段关系，我想知道，她有没有写了我什么，省得别人问起来我被动。"

"她写了吗？"

"写了，但是到目前为止除了我不会有人发现。"

克里斯蒂安娜犹豫了一下，然后问道："我可以坐到你脚头那边吗？这样我就可以靠在墙上。"

海纳点点头，收起腿。"请吧。"然后他无言地、注意地看着她。

"我不是随口那么说的。我真的不知道你想知道什么。"

他难以置信地望着她。"克里斯蒂安娜！"

然而她严肃地回望着他。"那时发生了那么多事。"

他不能相信她说的话。对于那个夏天，她跟他的感受会有那么大的不同吗？对于他，那是一个爱的夏季，但对她来说难道并不是这样吗？

自从他和约尔克做了朋友之后，他就对她产生了爱慕，没有什么美好的词不可以用在这个美丽、刻板的大姐姐身上。她对他总是很友好，但是他感觉得到，她并没有把他当作一个有血有肉的人，他在她眼中只是她的小弟弟的朋友，对她弟弟有好处或者坏处的一个朋友。一直到那个夏天。她突然认真对待他了。他不知道这事为什么会发生。他开车送她回家，本来只是十五分钟的共同行程，结果因为抛锚，他们在一起度过了半个夜晚，而此后一切都改变了。他们一起去拜访马尔库塞和杜奇克，去看深紫色合唱团何塞·费利西亚诺的演出，在电影院和游泳池里厮磨亲热，制定了去巴塞罗那旅游两周的计划，度过了一个两人世界的短暂的夏天。然后他们在一起做爱。然而正在两人沉浸其中时，她却突然丢开他，站起来，抓起她的衣服，跑出房间。一连几个星期他都在找她，试图和她交谈。但是她让他无法企及。

是的，那个夏天发生了很多事情。但是只有一件事是三十年之后仍然让他耿耿于怀的。而她不是这么认为的吗？那么好吧。"我们在一起爱抚时，你为什么突然跳起来跑掉？"

克里斯蒂安娜闭上了眼睛。她多么想对他编一个谎言。即便是一个令她形象受损的谎言。但是她想不出来。那么她只能说实情，尽管她知道，他是无法理解她的。他绝对不会理解。"那次是在我们家里，你记得吗？在我的房间里，我的床上。我以为，约尔克整个周末都会待在外面，结果他星期六回家了，突然站在门口——你没看见，而我看见他了，看见了他的脸，他明白了怎么回事，退了一步，又把房门关上。"

海纳等了一会儿。"那又怎样？"

"那又怎样？我知道，你绝对不会理解的。我跟你解释也没用，因为约尔克和我……有一段时间他喜欢用一句蠢话来挑逗：'怎么样，我亲爱的小姐姐，是不是来一段乱伦情'，不过实际上从来也没有发生过什么事。尽管如此，我还是出卖了他，因为跟你……"克里斯蒂安娜睁开眼睛，探究地看着海纳。"你完全不能理解，对不对？对我来说，世界上只有他，就像母亲眼里只有儿子，当然，对母亲来说，还有丈夫，但是丈夫不是儿子，丈夫是昨天的，儿子是今天的。我眼里只有他，让他感到在这个世界

76

有支撑，而当我因为你出卖了他时，他失去了在这个世界的支撑，坠落下来，我拼命地跑，却没有接住他，太晚了，我再没有能够挽救自己造成的损害。"

海纳看着她，在她的脸上看见了悲伤，因为他不理解她；他也看见希望，希望他或许还是能够理解她。他看见了徒劳无获之后的精疲力竭。她为她的弟弟不断地牺牲，一个接一个，却一事无成，什么也没有挡住，什么也没有推进。他看见她的固执，她固执地以为，她能够接住他，如今还能，于是她固执地奔跑啊奔跑，希望适时抵达。"你是因为他……但你是有过男性伴侣的，不是吗？你结过婚吗？离了？"

她摇摇头。"我总是对那些年轻的同事具有吸引力，在医院里，或者也会在学术会议上，但是过了一段时间以后，他们会发现，我无法成为他们寻找的伴侣，我自己也没有这个意愿。有时候我不得不推开他们，因为他们太软弱，自己走不了，你知道，我所吸引的那些年轻人，经常是那种软弱型的；也有的时候，他们会自己离开。有几个几年之后被我撞见，和他们年轻的妻子在一起，最后把他们收入囊中的往往是护士或是医务秘书，他们有些尴尬，给我看了他们孩子的照片。"克里斯蒂安娜朝海纳抱歉地微笑道。"你不要以为，当年和你在一起的日子不美好，不要以为我没有喜欢过你。不是这样的。但是，那不是最为重要的东西。

那从来都没有最为重要过。但我从来也没有喜欢别人超过喜欢你。"

除了约尔克，海纳想，而她安慰他的这些话，只能让他悲伤。如果她起码真正爱过一个人，别的什么人，也好啊！但他什么都没说，只是点点头。

她向他弯下身子，在他的嘴上吻了一下，站起来。"晚安。"

"约尔克为什么说我能来很有勇气?"

"他这样说了吗?"

"是的。"

她站在床边，若有所思地看着他。"我不知道。也许他对大家都这么说。也许他只是想说点友好的话。别多想。"

十四

但是她却必须多想。她很确定，约尔克没有对大家都这么说，而且这也不是什么友好的话。在他的话里有一种挑衅的意味，有一种威胁。好像第二天还不够棘手似的！

她倚在走道的墙上。她累得要命，站着都能睡着。和海纳的谈话比她想象的要累人。不被人理解是如此费心耗力！但是她别无选择，她说的，只是她不得不说的。而现在，她必须去找约尔克。

没有光从约尔克的房间里透出。但是他没有睡。当她把门推开一点缝隙时，他立刻用一种怀疑和抗拒的声音问道："谁？"

她拖着脚步进了房间。"是我。"

"发生了什么事吗？"他摸索着火柴，火柴从椅子上掉到地上，他轻声骂着在地上继续寻找。

"我不需要亮。我只想知道，你为什么对海纳说，他能来是很有勇气的，什么意思？"

"但我需要亮。"他找到了火柴，点燃了蜡烛，坐到床沿上。

"我觉得他很有勇气，先把我送进监狱，然后又来和我一起庆祝我从监狱里走出来。"

"他……"

"是的，是他把我送进了监狱。除了达格玛和沃尔夫，只有他知道母亲在奥登林山的小房子，而达格玛和沃尔夫两人是在我被捕之后很久才被抓住的。我去取钱和武器时，警察已经在那里等候我了。"

"你无法知道，达格玛和沃尔夫都和谁说过这件事。"

他瞪大眼睛，用那种大人面对孩子毫无意义的问题时的态度和那种努力表现出来的耐心说："我知道，他们没有对任何人说，可以了吗？"

"你想怎么样？"

"不怎么样。我只想问海纳当时的感觉。所有的人都想问我在这里、在那里的感觉——我现在也想问问别人。"

"是乌利希问你的，没有其他人问。海纳几乎什么都没说。"

"那他这时候可以说了，在他回答我的问题的时候。"约尔克用一种敌意的眼光看着他的姐姐。"别老是压制我。在乌利希和马可面前你就想压制我，在海纳的事情上你又想压制我。我不回避别人的愚蠢问题，因为我理解他们为什么好奇，可是他们也应该面对我的愚蠢问题。我不会伤害海纳。我并不责备他。那是战争。

他对自己属于哪一边做出了决定，并且付诸了行动。相对于那些道德优越者我还更喜欢他这样的人。那些道德优越者什么都了解，却从来不愿意染脏自己的手。适用的白痴，却是白痴。不，我不是要和他争吵，我只是想让他告诉我，他当时是什么感觉。"

"但是会发生争吵的。"

他不无优越地微笑。"跟我没什么关系，呵，跟我没什么关系。"他站起来，把睡袍拉开一点，做了个嘲讽的鞠躬姿势。"阁下不要担心。您的仆人不会让您蒙羞的。尤其是他穿着您的长袍的此刻。你是个宝贝。"他把她搂到怀里。

她把头靠在他的胸前。"不要跟海纳闹僵了。谁还会对三十年前的事儿感兴趣。你必须面向未来生活，而不是停留在过去。"他不以为然地嗤了一声，她想像从前那样，叫他小公羊，母亲当年就是这样称呼他的。但是她感觉到，她的话令他把头掉了过去。

他的膀子还围着她，但是热切的情感已经离去。他轻轻地拍打着她的后背。"别压制我，克里斯蒂安娜。我不需要任何人，不需要海纳，不需要卡琳，不需要乌利希。我可以非常简单地生活——这一点，无论怎么说，我在监狱里还是学会了。是的，我非常想度假，这件事我用社会救济金是做不到的。你说呢，你会带上我吗？"他把她从身边推开，想看到她的脸。

她在哭泣。

十五

大家都睡了，玛格丽特醒来。约尔克提前起身离去时，她也离开了这群人，走进了那座花园房，上床去睡了。那是她一个人住的地方。这时，疼痛把她唤醒，在左边的臀部，多年前一次事故的后遗症。她每一夜都会痛醒。

她侧过身，将双腿放到地上，坐起来。臀部依然疼痛，坐着的时候跟躺着的时候一样。但是，这时疼痛不再放射到整个左侧，延伸到了左腿。她知道，她应该运动运动，伸展臀部、侧面和腿。应该吃药，入睡前她把药给忘了。

她没有做这些，而是朝窗外望去。雨停了，夜空晴朗，月亮的光辉照耀着园林。月光也照在她的脚上。黑黢黢的地板上，她的双脚泛着白光。她把这看做召唤，她起床，走下楼梯，走向房门。她步履艰难，每一步都不容易。不仅仅是臀部的原因。自从一个医生给她用了可的松之后，她变胖了。但是减肥需要很大的毅力，她没有这毅力，也不会这样要求自己。

那座宅子和邻近的村庄都沉浸在夜幕中。只有月亮和星星照耀着，星辰的景象是如此清晰明亮，令人陶醉。银河灿烂，月亮雍容华贵。玛格丽特想起在南方度假时的经历，在那里，她这个在城市明亮的夜空下长大的人第一次望见了星空的华丽。不需要远方，她想，一切这里都有。

她步履缓慢、小心翼翼地朝前走去。她不担心会有碎片和钉子，她亲手清理过房屋四周的杂物和垃圾，并保持着道路的干净。不过赤脚走路还是很不习惯，令她感到不放心——下一步脚会触到什么，又令她产生好奇。接下来是光滑的土地吗？像石头那样坚硬，还是略带弹性？或者是石子，杠脚、戳人、刺痒？或者是一根干枯的树枝，一脚踩上去，它就嘎嘣一声断裂？玛格丽特最喜欢的一条穿过园林的道路长满了青草，想到马上就要踏上那条路，感受脚下柔软的草茎，她感到很开心。

她从宅子旁走过。两年前，当她和克里斯蒂安娜发现这处物业时，她立刻就为自己选择了花园房。不是因为花园房干燥，而宅子潮湿、有霉斑——她当时还不了解这个问题。对玛格丽特来说，那座房子包含了太多的故事，太多的陈腐的、耗尽了的生命。潮湿和霉斑只不过在日后验证了她的感觉，太多人的气息把房子浸透了，糟蹋了。现在，玛格丽特相信自己也能感觉到这些客人的气息，好像这房子在把种种气息向外排放。他们的良好愿望，他们的义务感，他们同时既卷入又抽身的状态，他们相互间和对自己叙说的谎言，他们的尴尬，他们的无助。玛格丽特俯视任何一位客人，这么多年来，她在克里斯蒂安娜这里见识了面对约尔克和与之有关的全部反应，而克里斯蒂安娜是她的朋友。也许，她想，我对客人们也并不很公正。也许我在他们身上看见了在他们身上还根本看不出来的东西。不过，那会在明天表现出来。

玛格丽特和克里斯蒂安娜相识时，对约尔克的审判已经过去了一些年。刚开始的时候，克里斯蒂安娜并不向她解释，为什么每隔一周她都会外出一整天；反正是她得置办点什么东西，处理点什么事情，关照点什么情况。那是她们对两人的关系抱有特殊幻想的几个月，那时两人都以为她们之间能够比好朋友更进一步。每次克里斯蒂安娜早晨五点起床出发，玛格丽特孤独地躺在床上，都会感到害怕和伤心。后来，当两人知道了她们的爱情是一个误会，但是还依然住在共同的公寓里时，克里斯蒂安娜才把她的和约尔克的故事和盘托出。"我知道，他是我的弟弟，不是我的爱人，可我那时认为，我只能在和他讲清楚了之后，才能对你坦白。但是我没有做到。我没有对他说，你和我在一起，也没有告诉你他的存在。愚蠢，不是吗？"她狼狈地微笑道。同样的狼狈有时也出现在她探视约尔克归来的时候，因为她又没能向约尔克坦承她在外面的生活，就如她跟外面的人不能坦承她的感情和思想总是围绕着约尔克一样。另有一些时候，她回来时心力交瘁，因为她把约尔克感觉为一种义务，她受够了无法避免的谎言，因为他们不同的生活建立在不同的真相的基础上，它们之间需要谎言来作为桥梁。这时，她再一次陷于茫然无助，面对约尔克，面对监狱，面对国家和面对她自身的境遇感觉到的无助，即便她已经尽其所能了，像笼轮里的小鼹鼠一样拼命地踩踏了。是的，玛格丽特不会看轻任何一位客人，不会因为他们在面对约尔克时遭遇难题而小看谁。不过，她仍然期待星期天的到来，那时这座房子又空了，她又是一个人了。

玛格丽特发现，草在脚底下的感觉比想象的还好。一缕缕的草潮湿、滑溜、润软，方便她的步子滑翔。玛格丽特高兴得有点过头，她一下子失去了平衡，仰天摔倒，一时竟呼吸不上来。她躺着，左侧很痛，而她大笑。笑她的步子过于大胆，笑她摔倒之前的狂态。她是不是对客人们还是有一种俯视的姿态？她喜欢一个人独处，她经常是一个人。每当她和人们相遇时，她常常感觉他们至为陌生，对他们的忙忙碌碌感到不解，对他们的胸有成竹感到不安。是不是她所感受的与陌生事物的距离，实际上就是高傲的距离呢？她的目光穿过树杈投向天空，她看见树叶在风中颤动，她看着一颗星星在移动，直到她明白那原来是一架飞机。接着她听见乌鸦在叫，声音很近很响。它们是不是发现了一个敌人，想把它赶走，或者在跟它吵架？乌鸦会夜里醒来吵架吗？它们再不停地吵下去，就要把大房子里的人给吵醒了。

玛格丽特站起来，继续往前走。她走向那把伊尔瑟坐在上面写过东西的椅子，坐了下来。这把椅子是她安放在这里的。她一直梦想在湖边或者河边有一座房子。现在，椅子和溪流实现了她生活在水边的梦想，玛格丽特感到满足。湖泊与河流她是无法独自享用的，这条溪水她可以一个人拥有。

有时候她对此感到有点疑惑，自己怎么如此喜欢避开众人。独处的生活是如此的完美，轻松，快乐。在逃亡前——那是转折的前两年，人们刚开始有机会逃亡，在那之前，她不是这样的，那时她喜欢人群，乐于交往，也有交往的需求。但是在西边，她没有如家的感觉，而当她又可以回到东边的时候，东边也令她陌生起来。她的身份是自由译者，这个工作需要她过几个星期就要接触一次她的编辑，同时，如果她有些东西在网上查不到，就得去国家图书馆查找，这也是隔几周就会发生一次。查资料的过程中，她不时地跟其他的阅览人员进行交谈，偶尔甚至一起喝杯咖啡。她和克里斯蒂安娜有一个共同的公寓。但是自从她们此外又有了乡下的这处共同的房产之后，玛格丽特就经常连续几周一个人住在这里。

她的深居简出是不是改变了她，变得没有能力去感受别人了？

她曾经尝试陪着克里斯蒂安娜一起为约尔克担忧，想她所想，急她所急，她也想要喜欢和帮助约尔克。然而，尽管经过许多彻夜不眠的讲述，她理解了她的朋友和她弟弟的关系——但是她认为这是病态，她只是像人们理解疾病那样去理解这些。她认为约尔克也同样是病态。一个人，如果不是因为激情和绝望，而是带着清醒的头脑和冰冷的血液去杀人，他不是病态是什么？一个健康的人，难道不会有其他的和更好的事情做吗？在克里斯蒂安娜和她的朋友之间进行的那些关于"红军旅"和德国之秋、关于大赦恐怖分子的谈话里，玛格丽特一次又一次地感觉到这是一个病态的话题，一个关于某种疾病的话题，这种疾病当年侵袭了恐怖分子，如今也在侵袭这些谈话者。怎么会有人在头脑健全的情况下，去讨论世界是否可以通过谋杀而变得美好一些？讨论社会是否可以通过对杀人犯施与恩典而变得好一些呢？这一切都过头了，给予了一种可怖的、令人反感的疾病以太多的荣光。这是玛格丽特所做不到的，她只能抱有那种对病人的同情。这又太少了吗？

玛格丽特感觉到清晨的寒意，她把双腿抬到椅子上，将睡衣拉到脚面，用胳膊抱住双膝。天马上就要亮了。等出现第一缕阳光时她就会站起来，往回走，重新躺下，重新入睡。不，她对克里斯蒂安娜，对约尔克，对客人们的同情，并不能说太少。这不是一种小恩小惠的同情，并不在施与的同时有长远的谋求。她期待回复到独处的日子。但是现在有其他人在，她将尽自己的所能，帮助病人不病得更重。在理清了自己思绪的同时，她打起盹来，头垂到膝盖上。当寒意和疼痛唤醒她时，东方已经吐白。

星期六

一

太阳首先将大宅前那棵橡树的枝头照亮。那些栖于枝头的鸟儿，天蒙蒙亮就开始叽叽喳喳，现在更是喧哗起来。乌鸫唱得特别带劲，并且持续不断，把睡在房角屋子里的人吵醒，而且令他再也无法入睡。阳光从大宅对着马路的一面移开，照到了宅后的另一棵橡树，照到了花园房和那些果树，照到了溪水。阳光也照到了花园房北墙连接的简易房上。玛格丽特想用这个简易房建一个带院落的养鸡场。她喜欢被公鸡的打鸣声唤醒。

如果忽略那些鸟儿，这里的清晨是很宁静的。村子里教堂的钟七点才会敲响，公路离得很远，铁路就更远了。从前，一大清早就会有农业合作社的车辆出发去干活，有那儿牛栏里的奶牛发出的哞哞声随风传来，而如今，这些合作社早已不复存在；合作社的牛栏和棚屋全都空空荡荡，土地被承租出去，由邻村的一个庄户在经营。村里的住户，凡是有工作的，工作都不在本地；他们星期天晚上启程，星期五晚间回来，星期六和星期天的早上都睡到很晚。

早晨很安静，早晨也很感伤——中午和晚间，上午和下午也都一样。不仅是在秋天与冬天里感伤，春天与夏天里也都感伤。这是那种高高的天空和辽远的、空旷的土地的感伤。放眼望去，只见树木、教堂钟楼、电线杆和电缆，除了它们还是它们，远处没有山，近处没有城市，没有任何东西界限它们，以制造一个空间感。这景象令人目光迷失、无可着落。而目光飘移的来访者随着这目光将自己交付了出去，不由心生感伤，同时又不可抗拒地被一种渴望攥住，要沉潜于其中。让自己就这么迷失一回。

在这里出生、长大、准备开始从事一种职业、建立一个家庭的人，不得不面临选择。留下还是离开。在这片天空下，在这场空荒里，卑微地留下，还是不惜异乡生活的代价，发展壮大起来。即便有人不是有意识地做出选择，也会感觉得到，留下来便意味着，生命在其尚未真正开始的时候就将变得卑微，而离开不仅是把一个地方，而且是把一种人生丢在了身后。然而，这种人生小小的截断面却是充满美感的——所以才会有人又来到这里，在这里买房子或者购置农庄，到周末便将自己委身其中。虽然这个小小的截断面也充满了丑陋，却于他们无碍。他们不觉得单调，没有发现他们所做的事是同样可以放弃的，没有变得惰怠，没有气愤不平，没有沉溺于酒精。

从前就一直如此。一直都有人留在这里，有人离开，也有人部分时间生活在大城市、部分时间生活在乡村。一直就有沉潜于其中还是起身出发的问题，一直就有些人能够享受感伤，而并不在其中陷落。玛格丽特知道那些论调，所谓这片位于大城市和大海之间的辽阔、空旷的土地正在衰败，这样的议论令她生气。她不认为从前这里的情况比现在好，无论是社会主义期间，还是在她所了解的容克大地主的治理之下。她不相信政治和经济制度在当时有多重要。感伤才是重要的。是感伤塑造了这片土地和人文，它的影响甚于任何其他东西。

玛格丽特在与这里相邻的一个小城长大，然后奔向柏林，永远不想再返回。她要学习外语，游往远方，在远方留下。然而最后她又搬回到这里，开始时只是为了过过周末，后来便连续几个月在这里生活。她不无迟晚地沉潜进来，或者说尚未完全沉潜进来，因为她和克里斯蒂安娜在城里还有一个公寓。然而她的花园房，她的溪边椅子，她的长时段漫步，她的翻译，她的独处——这是她曾经逃开的卑微生活的一种形式，她知道。她憎恶感伤，每当她因此而忧郁时。但是多数时候她喜爱感伤。她甚至相信感伤能够医疗人。将自己交付于这片高远的天空和辽阔、空旷的土地的人，也会将他的痛苦交付出去。玛格丽特对这场和老朋友的聚会有疑虑，不知道这是不是个好主意。但是她确信，克里斯蒂安娜把从监狱里释放出来的约尔克首先带到这儿来是对的。也许他会把自己的病交付出去，其他人也同样。

二

约尔克最早醒来，在所有的人之前。他醒来时的感觉是一切正常：他的身体，他的情绪，新的一天。接着他一惊——他在监狱里就这样。每当他带着同样的感觉醒来，看见日光灯，浅绿的四壁，洗脸池，厕所和高高的、小小的窗户时，他便会感到惊吓。不过，眼前的墙壁是白色的，脸盆和水罐立在一个矮柜上，一束郁金香摆放在桌上，清新的空气从高大的窗户涌进来。他只是习惯性地惊吓了一场。他放松下来，将两只手臂蜷在头颈下面，想计划一下要做的事情——他在监狱里就喜欢以计划接下来的时间开始他的日子。然而现在，当他不仅可以做计划，而且能够实现计划时，他却感觉很困难。揭露海纳的背叛——他昨天就准备这样做了。还有呢？他怎么什么都想不出来？他可以听听克里斯蒂安娜和马可的计划，也许卡琳、乌利希、安德烈亚斯也会为他做计划。但是，为什么他没有计划呢？

伊尔瑟被乌鸦唤醒的那一刻就知道自己想要做什么。她起床，穿好衣服，带上本子和笔，踮着脚悄悄穿过走廊，走下楼梯，经过厨房，迈出这座大房子。到了园林里她便走向溪边的座椅。她打开本子读自己写下的东西。她写了三个章节了，但是很松散，没有按照顺序来。她是不是应该在这些章节之间建立起联系？她可以继续跟踪扬如何被法国同志用救护车接走，送到德国，如何第二次被置于仿死状态，放上灵床，葬礼上在敞开的棺材里被展示。或者她应该加工扬在海岸的那一章？扬肯定会痛骂这个污秽的制度，政界和经济界的一群白痴和那些狗屎警察。她不想这样写。但是，如果她都没法让扬像恐怖分子那样说话，又怎么能让他去谋杀呢？

虽然伊尔瑟蹑手蹑脚——她脚尖下吱吱作响的地板仍然钻进了卡琳的睡梦。在梦里她迟到了，试图悄悄地溜进教堂，她辖区的教民们正在那里等候她。但是她脚下的地板发出的声音暴露了她，大家都把头转向她。于是她醒来。她先生还在睡，她让他睡，虽然她很想叫醒他。她做祷告，或者在做一次冥想，或者是面对真实的时刻。她昨晚说的是真实感受吗？她把恐怖分子视作自己迷途的兄弟姐妹吗？她对约尔克怀有那种对兄弟般的感情吗？她想要有这样的感情吗？她真的认为必须有这样的感情吗？

英格博格也让吱嘎作响的地板弄醒了。她听着伊尔瑟的脚步声，等候着，看看是否还有更多的脚步声过来过去。没有，宁静依旧。她看看表，推了推她丈夫。"我们走吧，乘别人还没起床。"

他摇头，对她叫醒他感到气恼，气她还想要偷偷溜走。她长得漂亮，他想，但是一碰见复杂情况，她就退缩。他看着她。她那一脸睡眼惺忪的样子甚至一点都不漂亮。

她坚持要走。"我不想在别人面前丢脸，不想丢自己的脸，也不想丢我女儿的脸。"

"没人会丢脸。大家都会异常小心和谨慎的。你的女儿也是我的，她不会逃避，而是会面对。"

"如果又吵起来呢？"

"那就吵呗。"

逃避，面对——女儿醒来时就不会在意这个了。昨晚的事情很愚蠢，但她睡得很好，而现在是早晨了。事情就是这样：有时跟男人们顺利，有时不顺。生活仍然继续。有时和一个男人昨天不顺，今天却很顺利。说不定她会再给这个在她面前慌了手脚的大牌恐怖分子一次机会。不管怎么样她还没碰见过这种事：一个男人在她面前陷入恐慌！

约尔克的恐慌也令马可思虑。面对一个赤裸的姑娘会惊慌失措的男人，你还能期待他有多少政治能量？四年来，马可一直盯着约尔克，就是想把他，这个没有背离"红军旅"的恐怖分子，树为一个新恐怖主义的精神领袖。他希望约尔克被释放以后能够打出重拳，比如通过一次访谈、一次媒体发布等，在政治上卷土重来。不是非法的，但必须是猛烈的。他想象约尔克自由以后一定会有无数个计划，并且非常渴望行动。然而他却是疲惫不堪、惊慌失措。四年的努力难道付诸东流了？

最初，马可觉得安德烈亚斯来得正好：一位律师可以帮助把握分寸，保证约尔克打出的重拳不至于逾越合法的界限。可是后来他们吵了起来。不过马可仍然相信，如果约尔克要做什么事，他的律师是不会拒绝的。不过，安德烈亚斯却并不这么想。他对于约尔克荒唐的政治行为完全不感冒。他曾经威胁过，如果再发生一次致敬词那样的事件，他将放弃做约尔克的代理律师。所以，释放之后的一次重拳出击将导致他与约尔克的合同终结。其实对于安德烈亚斯来说，昨天那一个晚上已经够了。当然，从床上可以仰望天空的确很美，早饭时，他还可以戏谑一下女主教，然后散散步，欣赏一下树木。但是待到星期天是不可能的！

海纳也感到还要在这里坚持两天很恐怖。早上醒来时，和克里斯蒂安娜的谈话转回脑海，再一次令他感到悲伤。这是什么样的生活啊！而只需稍一挪步，他就从思考她的生活转移到思考自己的生活上来。自己的生活又怎么样呢？好一点吗？工作顺利，算是成功人士，而且，每当他撰写一篇激动人心的报道时，那种兴奋感依然很强烈，一如既往。但是他和女人们的关系却总是不对头。那都是些既非由他开始亦非由他结束的关系，他只是滑落进去，然后又哧溜出来而已。那都不是他所想要的女人，而全是她们想要他。尽管他渴望另一种形式的关系，却没有能力以另一种方式接触女人，去寻找合适的，只能被动地让不合适的人找上自己。他知道这种情况与他的母亲有关，但是了解这一点也无济于事。有时他想，母亲死后自己就会解放，但怀疑却接踵而至，觉得那时情况也未必真的会改善。工作能够帮助他，虽然不能解决问题。不过，这种帮助也已经远不如前了，况且这个周末没有工作。

他来到厨房，克里斯蒂安娜和玛格丽特正在准备早餐。"我是第一个吗?"玛格丽特点点头，交给他咖啡和咖啡研磨机。克里斯蒂安娜在打鸡蛋、切洋葱、火腿、蘑菇和番茄，朝他笑了笑。玛格丽特把餐具放到托盘上，搬上平台。没有人说话。然后海纳开车到湖边的小城买小面包去了。当他回来时，另外两人坐在平台上，正喝着第一盅咖啡和第一杯意大利葡萄酒。他坐过去，克里斯蒂安娜又一次朝他笑了笑。这时他发现，那是一种神经质的笑。他想问她，是否一切正常，她睡得好不好。但是，这时玛格丽特将手放到了克里斯蒂安娜的膀子上，他觉得自己的问题显得多余了。于是，他们默默地坐着，望着园林，沉浸在各自的世界里。

三

等大家都聚集到餐桌上时，已经十点钟了。多乐是最后到的。她扎着马尾辫，没涂口红，穿着一条宽大的白色麻质裙子和一件麻质白衬衫，看上去清新可爱。她很乖地走了一圈，一个一个地以微微的屈膝礼致意。乌利希很自豪。他的女儿重新塑造了自己。她在学校里参加了戏剧社，他还要再送她去上私人的表演辅导班。

约尔克只是在等待这群人到齐。"你们昨天想要了解我的各种情况——我也很想从你们这儿知道一些东西，确切地说是从……"

乌利希没让他说完。"但是我想从你这儿知道的东西，你昨天并没有谈。今天能说吗？"

"我没有……"

"没有，你没说，然后我太太就过来帮你忙，而你就溜到床上去了。"

"我想不起来你的问题了，很抱歉。我现在可以……"

"我问了你第一次谋杀的情况。你当时是怎样的感觉。你是不是在这个过程中学到了受用一生的东西。"

这次英格博格不插进来干涉了，其他人也都知道乌利希不会善罢甘休的，就听其自然了。大家都望着约尔克。

他举起双手，仿佛要说话，用来加重语气，又把手放下。他再一次举起手，再一次放下手。"我该怎么说呢？在战争中，人们就是要开枪、杀人的。当时会有什么感觉？会学到什么东西？我们当时在战争中，于是我开枪了，杀人了。你现在满意了吗？"

"你第一次谋杀的不是一个妇女吗？因为她不肯把她的汽车给你？当时你抢劫了一家银行想要逃跑，是吧？"

约尔克点头。"她抓住她那个倒霉车子不放，好像那是个不知道什么稀世物件似的。我宁愿自己没有开枪——当时是没有别的办法。不要来告诉我，那个妇女没有跟我作战，我也不是和她打仗。你跟我一样，我们都知道，战争中死的不都是战士。"

"不可抗力造成的损失？"

"嘲讽有什么意义？你如果告诉我，我们进行了一场错误的战争，我不会反驳你——我们错误地估计了形势。但是我们已经进行了这场战争，而且是像人们进行一场战争那样进行的。不是这样吗？"

卡琳难过地看着约尔克。"你觉得遗憾吗？"

"遗憾？"约尔克耸耸肩。"我当然感到遗憾，因为我们从事了一项毫无结果的工程。它是否可能有结果——我不知道。"

"我是说牺牲者。你为牺牲者感到遗憾吗？"

约尔克再一次耸了耸肩膀。"遗憾？有时我会想到他们，想到霍尔格、乌利希、乌尔里克、居德伦、安德烈亚斯和……想到所有的战斗过和死去的人，是的，有时我也想到那个抓住她的汽车不肯放手的妇女，还有那个想要抓住我的警察，还有那些代表这个国家的利益、为这个国家而死的头面人物。我感到遗憾，这个世界不是一个不……它是一个……总而言之，当然没有人必须去战斗和死亡，可惜这个世界不是这样。"

"是这个世界的罪过，我懂。为什么这个愚蠢的世界不能像它应该是的那个样子呢？"乌利希大笑。"你真是个宝贝蛋。"

"你少来这些不值钱的嘲讽。约尔克说的这些，你根本毫无概念。那些警棍们痛打过你吗？他们曾经绑住你的手脚，把你扔在防空洞里，让你浸泡在你的屎尿里吗？他们强噎过你食物吗？噎进你的气管和支气管，直到你的肺功能衰竭？他们连续多年一夜又一夜地剥夺你的睡眠了吗？然后又连续多年置你于各种噪音之中了吗?"马可俯身在桌上,向乌利希厉声斥责道。"那确实是战争——不是约尔克想象出来的。当时你也是知道的,大家都是知道的。我遇见多少左派,他们都和我说,自己当初也差一点加入了武装斗争!他们不是这样的人,他们宁愿让别人去战斗,去失败——代表他们。我对于人们害怕战斗,置身局外,还能理解。而你这样的,弄得好像战争不曾发生过似的,真让我无语。"

"你这样滔滔不绝,还叫无语?没有人代表我走进战争。代表我枪杀不愿意交出她们汽车的妇女,或者是那些为总经理们开车的司机。代表你们吗?"乌利希环视周遭。

卡琳的头慢慢地转动着。她还在那样充满伤悲地看着约尔克。她不愿相信她所听到的东西。同时她力图将约尔克说的、马可说的和乌利希说的相互和解。"不,乌利希,我也没有让任何人代表我去杀人。但是,我们大家都曾经相信过,我们想要拥有一个不腐败不虚伪的生活,为此,我们必须抛弃这个市民社会。而且……"

"什么鬼话。"安德烈亚斯轻蔑地哼道。"如果这个社会让你不受用,你可以进修道院,或者去普罗旺斯养蜂,或者到赫布里底群岛去放羊。这怎么可以成为杀人的理由?"

卡琳不让步。"如果没有武装斗争作为极端的可能性存在,会有我们这么多人离弃或者改造这个社会的自由吗?武装斗争不是代表我们的，但是它拓展了我们行动的空间。同时，在战斗中杀人的人逾越了一个不可逾越的门槛。我们不可以杀人。而你谈论这事的态度，约尔克……是监狱把人变成这样的吗？这么冷漠？这么粗暴？我相信，你内心和你表现出来的东西是不一样的。"

约尔克尝试了几次，都未能做出一个回答。卡琳也没有要继续说下去的表示，乌利希、马可、安德烈亚斯都没有。然而，当大家开始感觉轻松下来，相互递面包，传果酱，议论天气情况和这一天的计划时，约尔克开口了："我要向海纳了解点东西，如果现在可以的话。"

海纳对约尔克微笑道："怎么这么一本正经的?"

"谁还要咖啡吗?"克里斯蒂安娜站起来，站到海纳身边。

"我想知道你这时候的感觉：先把我送进监狱，然后又和我一起庆祝这次释放出狱?"

"你这是在说什么呢?"

"自然是你告诉了那些警察狗子，我在奥登林山有个小房子——他们只需要等候在那里，等我有一天……"

"哐当!"咖啡壶从克里斯蒂安娜的手中滑落，热咖啡浇到海纳的裤子和脚上。海纳跳起来，抓过餐巾，试图把身上擦拭干净。

"跟我来!"海纳还在犹豫，玛格丽特已经抓住他的手，把他拉往厨房的方向，走了几步后又改变了主意，拉着他往花园房的

方向走。海纳开始表示抗拒，但是玛格丽特不理他，只是一边摇

头，一边拉着他继续往前走。

"你干什么啊?"

"我等会儿告诉你。"

"一定要……"

"是的，一定要。"

四

当玛格丽特和海纳来到花园房门前时，她放开了他的手。

"现在干什么？"

"你脱掉裤子，换一条我的。然后我们把你的裤子洗了，晾起来。"海纳看看她的腰和他自己的，表示怀疑。玛格丽特笑起来。"对，我的裤子会有点肥，但是不会太肥。胖女人实际上没有她们看上去的那么胖。"

他跟着她进了房子，四下打量。一条走廊径直从房门通向厨房，左边可以看见一间大屋子，里面有书桌、转椅，还有通向楼上的楼梯，右边的房间里有个敞开的壁炉、长沙发和几个沙发椅。"我可以在哪儿……"

"随便你。我上楼去拿裤子。"她步履艰难地爬上楼梯，他听见她把一个橱门打开，关上，又拖着艰难的步子下楼，递给他一条牛仔裤。裤子新洗过，粗纹，体积很大。他转过身去，换了裤子。她说得不错，牛仔裤是挺肥的，但是系上皮带感觉还行。

她在厨房里从水池下面拖出一个铁皮大盆，把他的裤子扔进去，将皮管的一头拧到水龙头上，另一头放进大盆里。接着她查看盖着盖子的水槽。"但愿我还有足够的水，否则你就得出去发动水泵了。"她让水流进盆里，加了点洗涤剂。

　　"这样裤子就能干净?"

　　"不知道。我的脏衣物都是送到洗衣店去的。"她跪下去，摆动和搓揉裤子，直到水里堆起泡沫。"我们让它浸一下，你说呢?"她想站起来，却痛得叫了一声又跪下去。他弯下腰去，用双臂抱住她，扶她起来。像棵树，他脑子里闪过，好像是抱住一棵树，要把它立起来一样。她站稳后，向他微笑道："是椎间盘。我一直没在意它。现在它来惩罚我了。"

　　海纳的一只手臂还搁在玛格丽特的背上。他拿开它时感到有些尴尬，因为它搁在那儿的时间有些长了。"不是可以开刀吗?"

　　"是可以，但是也可能开刀后比开刀前情况更糟。"她用一种审视的目光看着他。"你准备怎么办?"

　　"什么怎么办?"

　　"约尔克提的问题。"

　　"向他解释，不是这么回事。我没有把他送进监狱，我什么都没有对警察说。"

　　"你很肯定吗?"

他笑起来。"这种事我怎么可能忘记！不错，我那会儿有时会问自己，如果某一天夜里他站在我的门前，请求我让他藏身，以免警察抓住他，我会怎么做。很长时间我不知道该怎么做。有时这样想，有时又那样想。最后我和自己就此达成了一致，就让他在我这儿待一夜，第二天早晨把他送走。幸运的是，他从来没有来过。"

"我们去散一会儿步吧。"玛格丽特说完，并不等待海纳的反应，径直走了。她走出厨房，穿过种着果树的草地，直奔溪水而去。他穿上换裤子的时候脱下的鞋，跟在她后面。当他追上她时，她说了一声"可以吗"，便挽住他的右臂，支撑自己。他们沿着溪流慢慢地走。不时有只青蛙被他们的脚步惊动，跳进水里，不时听见水流发出更大点儿的声响。在树林不紧挨着溪水的地方，他们就走在灼人的阳光里。海纳感觉到玛格丽特靠着他的那一边都被汗潮了。

"是克里斯蒂安娜对警察说了奥登林山的小房子。"

海纳站住，看着玛格丽特。"克里斯蒂安娜？"

"我想是的，所以她把咖啡泼到了你的裤子上。这样你就不能跟约尔克说不是你。"

"但是我刚才没有说的东西，之后还是要跟他说的。"

"你一定要吗？"

"你的意思是……"

"也许克里斯蒂安娜希望如此。也许她还想和你谈谈，请求你。"

海纳用脚蹭磨石头，把它们踢进溪流里。"这场戏何等荒谬。姐姐向警察出卖了弟弟。然后她想要让弟弟的朋友说，这是他干的。那个曾经爱过她、而她为了不背弃弟弟弃之不理的朋友。"他看着玛格丽特。"克里斯蒂安娜跟你说过她为什么出卖约尔克吗？"

"她从来没有对我说过她出卖了他。但是，这还不清楚吗？因为她整日为他提心吊胆，她忍受不下去了。她想让他突如其来地被抓住，这样他就不会再开枪，他也不会遭遇枪击。她是出于恐惧出卖他的，出于爱和恐惧。"

"而这和我有什么关系呢？"

玛格丽特尝试着从他脸上读出他的感觉，他是只不过感到厌烦还是觉得受到了逼迫。他察觉到她的目光，向她微笑道："我是真的不知道。我亏欠克里斯蒂安娜什么吗？或者因为对我来说这并不算太大的付出，所以我必须帮助她吗？如果约尔克把我视为叛徒，我会损失些什么吗？"玛格丽特的目光先是露出惊讶，然后变得嘲讽起来。他没有看出来，继续严肃地边想边说。"或者我正好应该在约尔克面前揭露她，用这种方式帮助克里斯蒂安娜，使她从他那里解放出来？"

"或者你应该通过这种方式来帮助约尔克,把约尔克从克里斯蒂安娜那里解放出来?"

海纳听出她的问题里有嘲讽意味。"什么意思?"

"别再说了!你只是在这里纠缠不清。你想怎么做就怎么做吧——克里斯蒂安娜和约尔克怎么处理这事,是他们的事情。你这个样子,好像这两人是你要解决的一道算术题。"

他继续往前走,她跟着走。他感觉受到了伤害,尽管他不想这样。刚才他们站在那儿时,她没有把她的手臂从他那里抽出。现在,当他想把手臂抽出时,她却紧紧地抓住他。"这不行。你第一步得先帮助我走到长椅那儿,然后还要带我回到屋子。"她笑道。"你可以一边帮助我,一边进行抗议。"

五

早饭后，伊尔瑟想要继续她的写作。她拿着本子和笔向溪流走去，但老远就看见玛格丽特和海纳坐在长椅上。于是她到森林里绕了一圈。当她重新走到溪边时，水面已经变宽了许多，几乎是刚刚的一倍了。这期间肯定有另一条溪流融汇进来了。在一棵柳树下面停靠着一只摇橹船，岸上有一条很长的链子拴着它。伊尔瑟坐了上去，把本子打开。

终于，一切都过去了。葬礼公司的雇员被扬的同志收买了，他将扬从工具房里放出来，给了他一个包，"你得翻墙出去，大门关了。"天很黑，扬跌跌撞撞地越过墓碑，来到围墙跟前，攀缘上一座连着围墙的高大碑石，坐上了墙顶。他看见一条昏暗的街道，街道的另一面是花园，花园的后面很远的地方有一些房屋，而那已经是另一条街道。他的新生活现在开始了。他将包扔下去，自己跟着也跳下去。

清晨那会儿，早饭前，伊尔瑟没有写多少。但是她做了一个决定。她想要让事情明确起来。要不她能够描写枪击、爆炸、杀人和死亡，要不她就得告别这个工程，另找别的事情做。而当她下了决心要试一试时，她做这件事的乐趣也随之复苏了——不仅是写作的乐趣，而且还有想象的乐趣。伊尔瑟开始头皮发麻地去享受那些想象：想象让汽车飞上天的爆炸，想象那呼啸着飞向窗户、打碎玻璃、击中人、将人掀到墙上的子弹，想象顶到颈子上扣动扳机的手枪。

　　他沿着街道走下去，路过了好几辆停在那里的汽车，见到一辆比较旧的本田，便拿一块砖头击碎了窗户，爬了进去，然后很快地点火发动，把车子开跑了。这是他的城市，所以他非常熟悉。上了高速公路，汇入车流以后，他打开了那个包，往包里看。他们在包里给他放了一本德国护照，一叠五十马克的纸票，一支装满子弹的手枪，一张写着一个日期、时间和电话号码的纸条。第二天早上七点钟他应该打电话。他记住电话号码，将纸条撕碎，然后让碎纸片一片片地随着行驶中车窗外的风飘走。到达一家高速公路休息站时，他将汽车泊在停车场最远的地方，要了一个房间，并预订了六点半钟的叫醒服务。

他思考着自己前面的生活。一种在潜逃中的生活，没有一个他可以希望抵达和休息的目的地。然而，不管是对于麻醉后不再醒来的恐惧将他惧怕的气力消耗殆尽了，还是在迈入新生活的时候，旧时的畏惧都变得不那么鲜明了——他的感觉是轻松和自由。终于结束了往日生活的半心半意状态。终于能够生活在无私、决绝和鲜明的战斗之中。他自由了，不再亏欠任何人，没有任何爱的、友情的、后顾之忧的义务，只有献身于事业的义务。这是怎样的一种幸福，怎样的一种自由之狂喜啊！

　　叫醒服务将他唤醒，他冲了澡，七点钟在加油站边上的电话亭拨通了给他的那个号码。二十一点他应该去慕尼黑火车站的书店，与一位女士碰头，蓝大衣，色泽较深的披肩金发，皮质挎肩大包，手上拿一份《法兰克福汇报》。他吃了早饭，找到一位卡车司机，他愿意带他走，并说好在慕尼黑高速公路出口处把他放下。中午刚过他已经来到城里，买了一个旅行袋和一些换洗衣服，然后走进了电影院。电影院里正在放映一部法国电影，一个关于纠缠和告别的简洁而动情的故事。扬走出电影院，从最近的一个电话亭往家里打了个电话——一时间情绪的低点，他之后还是原谅了自己，因为他什么都没说就马上把电话给挂了。

二十一点他和那位女士见了面。她把他带到施瓦宾的一个单室套间里，一间毫无特色的配了家具的房间，带一个很小的做饭和淋浴的地方。当那女士摘掉了假发、卸了妆从卫生间出来的时候，他几乎认不出她来了：刷子般的短发下面是一张孩子脸。她告诉他明天要做的事情。然后他们一起用烤箱热比萨饼。吃饭时他们不说话——只有需要做的事是重要的，而这个问题已经说过了。扬对红酒品质的高档颇感惊讶。当他的舌头品味着美酒时，他不禁想问这位女士，她是怎么得到这瓶酒的。等到把酒咽下肚，他又把问题搁下了。

　　然后他们上床，在一起睡觉。扬脑子里冒出来对乌拉的回忆。"我们做爱吧，"她有兴趣时会这样要求他，"爱我，"她要来的时候，会这样激励他。太多的感情和缠绵。而现在，在扬看来，这位女士和他就像在明亮、清冷的光线里跳着一场完美的舞蹈。这是怎样一种纯粹的享受，而且，重复一次：是怎样一种自由之狂喜！

　　他们在床上待了很久。下午他们坐有轨电车去郊区，自然而然地穿行于那些街道，也从主席的别墅旁走过，就好像是走在回家的路上。一切都跟那位女士对扬所描述的一样，花园大门和围墙没有被摄像头监视。在这家地界的尽头扬爬进了花园，在灌木的遮掩下潜进了住宅，藏身于房门旁边的大束装饰花后面，等待着。他听见门铃声，看见主席沿着花园小路走来，他的司机拎着两个文件袋跟在他身后，看见他太太走到门前来迎接她的先生，看见司机进去又出来。过了一会儿，他又听见门铃声，又看见主席太太走到门前。这次是那位女士，她沿着花园小路走来，手中挥动着一个信封。当她在门里递交信封时，扬拉下滑雪面具，跳了出来，押着主席夫人走进房子，强迫她跪下，用枪顶着她的头。同时他大声喝道："不许乱动，不许乱动！"他对着她喊，也对着她的先生喊。她的主席先生站在楼梯下，息事宁人地举起双手，一边嘴里说道："冷静点，请您冷静点！"当被捆绑起来时，两人都不反抗。女人开始哭泣，她丈夫还在继续说话。扬听得不耐烦了，抓起男主人刚刚解下的围巾塞到女人的嘴里。他看到太太被噎住，眼睛里满是恐惧，不再吭声。扬带着他上楼。"保险箱在卧室，"男主人说，扬把他带进卧室，让他坐在一张椅子上。"在那后面……"

他应该说在什么地方可以找到保险箱，在哪一张画的后面，或者在哪件家具的后面，或者在哪个橱子的衣服后面，怎样可以打开它。事后扬想，他本来该往保险箱里看看的——都是新手的激动导致的。他把手枪顶在这男人的后脑勺上，射击，在扣下扳机的那一刻他闭上了眼睛，紧紧地闭上，他被震颤，不得不控制住自己，才避免了再一次、再一次地射击。他睁开眼睛，看见这人向前倾，从椅子上跌落。他应该在他旁边跪下，把手放到他的脉搏上，但他没有做到。他看见血在流，他用脚踢踢这个男人，先是小心翼翼的，然后加了点力，直到那人从侧身滑翻成仰倒，两眼直对房间，朝着天花板，向着扬。扬站在那儿，凝视着死者。

他听不见那位女士的呼唤，听不见她上楼的脚步。他什么都听不见，直到那女士抓住他的胳膊。"你怎么啦？我们必须离开了。"他抬起眼，看着她，点头。"是的，我们必须离开了。"

伊尔瑟感觉自己如同从一场麻醉状态中醒来。这是我的作品，伊尔瑟还要让扬这样对自己说，在他投向卧室最后一瞥时，在他从哭泣的主席太太身旁走过时。他这样想的时候内心是冷漠和骄傲的，同时也带有一种毛骨悚然的惊惧。就跟她此刻看着自己作品的感觉一样。

六

克里斯蒂安娜收拾、洗净了早餐用的餐具，到各个房间里倒干净盥洗盆具，把水钵灌满，然后又来到平台。所有的人都离开了。卡琳和她的先生也不见了，刚才他们帮她收拾了厨房之后，还到这里来坐了一会儿的。

克里斯蒂安娜本来是为大家制定过一些计划的：到附近的湖上划船，在园林里野餐，在平台上跳舞。而现在，当她一个人站在平台上时，她不再相信还有人会对她的计划感兴趣。她自己也害怕再把大家聚拢到一起来。约尔克又会指责海纳出卖他，而海纳——他会怎么说？如果海纳驳斥这个责难的话，约尔克会怎样求得这件事的解释和交代？

她忽然感觉自己多么希望约尔克回到监狱去。或者去一个他没有危险的地方——没有令他迷乱的各种信息，没有引他误入歧途的各种交往，没有他不能抵御的各种危险。在监狱里的大多数时间并不坏。刚开始时是很糟糕，监狱的管理人员想要约尔克屈服，而他好斗、顽逆，用绝食的方法与监管人员斗。但是后来双方都学会了相安无事，监管人员不惹他，他也不惹监管人员。约尔克几乎很快活了。而且，在监狱的那些年，他是她的，他这么属于她，还从未有过。

她来到大门前。乌利希的奔驰和安德烈亚斯的沃尔沃开走了。这两辆大型车可以将她所有的客人带出去做一次远足。她走进宅子，既失望、担忧，又感到轻松，取了把躺椅，想到平台上躺一躺。但那里这时已经有人了。克里斯蒂安娜听出来是约尔克和多乐的声音。她放下躺椅，踮起脚穿过房间，来到敞开的双扇门旁边，倚在墙上。

"我实在是太失望了。所以才那么恶劣。很抱歉。"

约尔克先是什么话都没说。克里斯蒂安娜想象着他怎样几次吞咽，怎样举起手又放下，然后他清了清嗓子。"我当然看见，您是多么……多么棒的女人。我就是不能。"

"我不是'您'，我叫多乐。"她柔和地笑道。"多乐西亚——我是诸神送的一份礼物。接受她好了。如果你在监狱和男人在一起，现在……我喜欢这样。"她又柔和地笑了。"我喜欢肛交。"

"我……我是……"他没说他是什么。他哭起来。他的哭声是那种可怜的、一抽一抽的声音，他小时候就这么哭。克里斯蒂安娜又记起了这哭声，同时又生起气来。如果她的弟弟不得不哭，那应该是一种充满力量的、男子汉的哭。多乐不像克里斯蒂安娜这样。"哭吧，我的小家伙，"她说，"哭吧。"看到他停不下来，她便继续说下去。"嗯，我的小家伙，哭吧。是令人心酸，一切都令人心酸，一切。我勇敢的人儿，我悲伤的人儿，我不幸的人儿，我的小蓝精灵。"而这抚慰的独唱最后终于惹恼了克里斯蒂安娜，她甚至想要冲到两人中间去。多乐是不是总想拿这个著名的恐怖分子炫耀自己，炫不成跟这个人睡过觉，就想吹嘘他在她面前哭了，而她抚慰了他？然而当克里斯蒂安娜登上平台时，却只是看着这两个人。约尔克僵硬地坐在椅子上，闭着眼睛，哭得抽动起来，多乐站在他身后，朝他弯下腰，把双臂围在他的胸前，轻轻地摇着他。看到痛苦中的约尔克和试图安慰他的多乐显得那么无助，克里斯蒂安娜打消了扯开他们的念头。

于是她偷偷地走开。在走廊上她撞见了马可。"我正找你呢。"他狡黠地对她笑道。"我们得谈一谈。"

"你知道其他人在哪儿吗？"

"那两对夫妇和安德烈亚斯去看一个废墟了。他们不会待很长时间的。不过你和我也不需要很长时间。"

"一定要现在谈吗？"

"对。"马可转过身，走进厨房，靠在洗碗池上。"我准备了一份声明，想让约尔克明天递交给媒体。约尔克会犹豫的。"

克里斯蒂安娜已经为自己跟着马可进了厨房感到气恼，现在还要听他谈他这些固执的意见！"我会阻止他的。还有什么事吗？"

　　他又对她狡黠地笑。"我不知道，你今后想要怎样和约尔克相处。你依赖于他吗？他依赖于你——依旧依赖？"

　　"我不跟你谈关于我弟弟的事。"

　　"不谈吗？也不想在我跟你弟弟谈论你之前谈一谈吗？还是说我也会被你浇一回咖啡？"

　　克里斯蒂安娜疲惫地摇摇头。"别来搅扰我。"

　　"可以，我答应。只要你去让约尔克发出声明。要知道，我阻挡不了约尔克，在海纳驳回他的责难后，通过二加二等于四这样简单的计算，他会得出是你出卖了他的结论。如果这事只可能是很早以前的某个人干的，如果不是这个老朋友的话……但是我什么也不会说的。"他笑起来。"泼咖啡的事实在是太愚蠢。说不定海纳对约尔克的指责反驳得很笨拙，约尔克不愿意相信他，这也有可能的。有的时候真理听上去像是谎言。"

　　"别来搅扰我。"

　　"明天这个声明一定要发给媒体，如果你明天早晨不能让他同意，那就得由我来做通他的工作。而我只要告诉他你做的事，就能把它办成。"马可突然严肃地看着克里斯蒂安娜。"究竟是什么原因让你那样做的？为约尔克担惊受怕？我不理解。"
他耸耸肩。"无所谓了。"他的身体从倚靠的洗碗池挪开，走
出厨房。

我可不可以把马可从这里赶走？我能不能说服海纳把出卖的
事情承担下来？我可以为了让约尔克不相信海纳而诋毁他吗？我
是不是可以让安德烈亚斯插手进来？或者我能使这个声明去掉棱
角？或者我可以逃离？还是我能让约尔克理解我为什么不得不那
样做？

克里斯蒂安娜回忆起她是怎样示意警方的。她是匿名做的，
而且做得有点像这个情况是自行泄漏的，而不是由她透露的。她
回忆起她在约尔克进了监狱从而变得安全时是怎样如释重负。她
回想起他行动自由时她始终感受到的惊恐不安。这不是当一个人
不肯放弃登山、滑翔机飞行或者赛车时，你所承受的那种担惊受
怕。那是克里斯蒂安娜的一个心结，它把恐惧、痛苦和负罪感纠
结在了一起。失去约尔克的痛苦，彻底失去他的恐惧，她，这个
大姐姐，有着可以用一个示意救他、但又并未救他的负罪感。而
且，因为出卖，她也让自己承担了罪责。然而，这个罪责与约尔
克的生命相比又算得了什么呢！

接下来是监狱的年代。在这些年里，她把一切都给了约尔克。
克里斯蒂安娜曾经以为，她付出了这样的代价，就弥补了出卖的

罪责。难道这还不够吗？还得要她现在再来失掉约尔克的爱吗？如果这种情况一定要到来的话，那就让它来吧。克里斯蒂安娜惊讶地发现，至今为止不可想象的事，她也可以想象了，而地球没有停转，生活没有终止。

七

　　她走到园林里，来到她的电话有信号的地方。从前这儿是一个池塘，所以，每一次打电话时，克里斯蒂安娜都要问自己，这里的地上是不是还很潮湿，潮湿是不是帮助接收信号的。她梦想能够修通从溪流到这一块池塘洼地、再从洼地返回溪流的渠道，让池塘重新灌满水。

　　她打电话给卡琳。她已经不再有兴趣实现她原先的计划，而是劝说卡琳再去一下湖边的宫殿，因为离他们所在的地方已经不远了。"你们慢慢玩。我把开胃酒放在六点钟。"

　　在返回的路上她透过树木看见玛格丽特和海纳坐在溪水边的长椅上。这让她先是感到了一阵刺痛，接着又涌上来一种弃绝和告别的心绪。没有哪一个她所爱的人会留在她的身边。留给她的只有工作和城里的那套公寓以及乡下的这座房子。和病人及同事在一起的工作——这没有问题。但是公寓和房子她是很想和一个人分享的，和玛格丽特，和约尔克，和——从昨天夜里开始，她

123

脑子里几次浮现这个念头——和海纳。

　　她绕着房子走了一圈，然后走出大门来到马路上。她的邻居，从前农业生产合作社的主席，在他的大仓房里和大片的草地上展示他搜集的农业器械，正靠在篱笆上期待着参观者。他跟她搭话，问那个年轻人有没有找到去她家的路，那人很客气，问了好，道了谢，告了别。邻居和她说话令克里斯蒂安娜很高兴。她在这里已经住了三年了，但他平常是不跟她打招呼的，他从前是这里的领导，对于村里的其他住家具有示范作用。然而，当她问起那个年轻人的样子像不像个记者时，她立刻感觉到了对方的怀疑和拒绝。宫殿里有什么事要报道？这个周末到底发生了什么事？大门外为什么停了那么多汽车？她告诉他那都是她的老朋友，大家很久没见了，这次终于在她这儿相聚了。他不无威胁地暗示，这里如果有什么不正派的事情发生，即使记者们自己没有发现，也会有人告诉他们的。

　　克里斯蒂安娜继续往前走，路过一个破败的牧师住宅，一座已经修缮了多年，还将经年修复的教堂，一个古老的驿站，路过立有阵亡士兵纪念碑的村民草坪。没有遇见一个人。她走过公共汽车站的候车亭时，看见三个男孩坐在塑料凳上面喝啤酒。他们出人意料地出现，无言地望着克里斯蒂安娜，让她吓了一跳。是的，她在这儿是个异数——这符合她此刻的心情。

她在张望邻居说的那个年轻人。他也在村庄里穿行吗？他会向村子里的人打听她的情况吗？他了解到约尔克获得了特赦，而他的姐姐就住在这里吗？她察看每一部停泊着的轿车后面的车牌——记者应该都是来自柏林或者汉堡或者慕尼黑的。随后，她感觉自己的这种张望行为很失身份，便不允许自己再这么做。同时，她对心里的那种弃绝和告别情感不无遗憾。她没办法做到快乐，而一种无所顾忌的情绪却伴随着悲伤袭来。她要跟记者，马可，这些顽劣的小年轻们脱离干系，至于那些她所爱的人，如果他们不想理她了，那就滚他们的蛋吧。

这种骄傲的肆无忌惮笼罩着她，直到她来到那条通向她房宅的道路上。这条路不长，但是很败落：一边是破旧的牧师住所，锈迹斑斑的农业器械，以及围绕着克里斯蒂安娜地界的残破围墙，另一边是农业生产合作社灰暗的、弃之不用的仓储间和棚屋。这条路没有铺柏油，克里斯蒂安娜每走一步都会带起白色的尘烟，尘烟长时间地飘浮在路上，环绕着她，像一个拖件挂在她的身后。仿佛往事这件大褂从肩膀滑落，拖在我身后，当她转身时，不由这样想——这一刻，恐惧又出现了，她害怕失去约尔克，害怕失去玛格丽特，害怕除去工作一无所有。天气并不热，但是太阳很灼人，克里斯蒂安娜突然很想让那些令她痛苦的人痛苦一下。

平台上坐着多乐和马可。"约尔克回房间睡觉了。马可正在向我介绍约尔克这个大英雄，告诉我，世人马上就要读到一份声明，这份声明会让世界最终明白这一点的。"她朝克里斯蒂安娜微笑，那种女人对女人的微笑。两人都知道，男人们不是什么英雄，而是小男孩，最多是大男孩。然后她对马可笑道："你可不可告诉我，英雄为什么要请求赦罪恩典？"

克里斯蒂安娜本来既不想听马可渲染他那给媒体的声明，也不想被多乐拉作同盟。尽管如此，她还是坐了下来。

"他没有乞求恩典。他递交了一个申请，就像人们递交一个度假申请、驾照申请、建房申请一样。为什么不可以呢？"

"恩典的意思不是这样的吗：对我的惩罚其实是公正的，但是我诚心请求赦免我？"

"别人可以这么看。对于革命者来说则是为了脱身而出，继续战斗。如果出现这样的机会，革命者就要抓住它。他要出逃，为了出逃他可以设计圈套，说谎，在法庭上战斗，从第一个庭到第二个庭再到第三个庭，他可以一回回地提出申请。"

"简直是胡扯。"克里斯蒂安娜气愤起来。"约尔克没有在法庭上说谎，以便更好地逃脱。他没有在监狱里提出一个又一个的申请，好让他的日子过得轻松点。他绝食过，好几次。"

马可点头。"绝食是革命斗争的一个部分。自杀也是革命斗争的一个部分。它们向世人宣示，国家并不能掌控犯人，他们不

126

是客体，而是主体。他们的斗争是无我的，在必要的情况下甚至是自我毁灭的，自我谋杀的。我没有说革命者为了逃脱出来不惜代价。如果监狱里可以进行斗争的话，他会在监狱里进行。但是绝食和自杀的时期已经过去。战斗现在要在外面进行了。所以约尔克提出了申请。"

"行了。我觉得，请求恩典向世人表示国家是能够掌控的，是请它应该友好地掌控。其实也没问题啦。约尔克如果在监狱里发霉又对谁有好处呢？"多乐打着哈欠，站起来。"我想，我也该爬上床去了。下面的活动什么时候开始？"

"六点钟喝饭前开胃酒。不过我需要有人帮忙——你五点能到厨房来吗？"

多乐点头，走了。她会去约尔克那儿吗？克里斯蒂安娜不在乎了。多乐不会带走她的约尔克。危险来自马可。

他马上接上了茬。"你现在明白了吧？如果不发表一个声明，大家都会像多乐这样想的。约尔克，他们使他屈服了，约尔克，他低头认罪了。你不至于愿意他留下这样的形象吧？这样的话他的一生都毫无价值了。"

"让他自己来决定自己的事情吧。你为什么总是要向他施加压力呢？"克里斯蒂安娜一边这么说，一边却已经理解了马可。她眼前又浮现了约尔克昨天夜里听到马可恭维和要求时的脸庞，那样充满生机；她耳边又响起了约尔克夜间在园林里散步时关于斗争的遗产问题的议论，那么口若悬河。同时她看见约尔克低垂的肩膀、拖沓的步子和心不在焉的手势。马可已经看出来，没有压力的话，很难说约尔克会对这个声明做出什么样的决定。"我可以看看这个声明吗？"

"当然。"马可把手伸进衬衣口袋，展开两页纸，交给她。她读到关于德国的革命斗争，说它并没有结束，而是刚刚开始，并且和经济、政治一样，正在克服文化和区域的障碍，寻找到新的组织形式，采用与七十和八十年代不同的方式，向全球化发展。声明的结尾是这样的："在革命面前，这个制度的谎言昭然若揭，它不是刀枪不入，不是固若金汤，不是不可战胜的。一次次导致这个制度自曝其秽的挑战，一个个令其痛处昭示无遗的爆炸，一回回让仰仗其势、依附其生者无助无望的行刺，一场场传播畏惧，逼迫人们深思和转变思维的袭击——这些并非明日黄花。斗争在继续。"

克里斯蒂安娜看出马可的企图：拟就一篇呼唤行动和推出领导人物的文字，同时它也可以是作为一个纯粹的分析和诊断来阅读的篇章。他的这个尝试成功了吗？法律上无懈可击吗？克里斯蒂安娜把文稿还给马可。"安德烈亚斯不会愿意审查它的。去另找一个律师，让他仔细阅读一下。只要律师不开绿灯，我就会尽力不让约尔克交出这份声明，不惜任何代价。我知道今天是星期六。但是如果你马上出发，明天之前你还是能找到一名律师的。"

他怀疑地注视着她。"你不会是想……"

"……诱拐走约尔克或者锁住他，让你明天找不着他？"她笑起来。"如果这样有用就好了。可惜不行，别害怕。"

"你告诉……"

"我告诉约尔克，你离开了。你进城找律师谈一个声明的事去了，为他作的声明。你今天晚上或者明天早上回来。可以吧？"克里斯蒂安娜这段话说得特别友好。两人都知道，这一个回合她赢了。

马可咽下了他的气恼，点头，站起身。"那么回头见。"

八

　　海纳也在向玛格丽特告别："一会儿见。"他都做了：搀着她的手臂走到了长椅，他们坐在椅子上看了溪水，然后他又搀着她的手臂回到了花园房。在门口，她把手臂从他的手臂里抽出，走进房子，他转身离去。

　　然而才走了几步他便折回来，拉开了她身后刚刚关上的门。"玛格丽特！"她转过身来，他双手将她搂住。她略微犹豫了一下，也伸出手臂抱住了他。他们没有接吻，也不说话，他们站着，相互搂着。直到他开始笑起来，而且笑声越来越响，她将他推开，用询问的眼光看着他。

　　"我快乐。"

　　她微笑。"真好。"

　　他又将她拉向自己。"抱着你很舒服。"

　　"抱着你也是。"

　　"你是我生命中我首先亲吻的第一个女人。"他吻了她，她接受他的吻并回赠他时，又一次稍微迟疑了一下。

然后她问道："第一个女人？"

"以前都是她们先给了我第一个吻。有些是我不想吻的女人，有些是我不知道自己想不想，有些则是我想的，但是还没来得及，没对方快。"他笑道。"我感到双重的快乐。因为我抱着你很舒服，因为我吻了你。是三重。因为这个吻这么美好。"

"跟我来！"她登上楼梯。阁楼上是个很大的房间，有烟囱，放着橱和床，正墙上开有一扇唯一的窗户。屋里很暗，很热，空气凝滞。"我要躺下来。你愿意坐过来吗？"

她穿着 T 恤衫和裙子躺到床上，他坐在床边。他看着她的脸，她棕色的眼睛、宽大的鼻子和弧形的嘴巴，看着她棕色的头发，根儿上已经长出了白发。她握着他的手。

"我周二刚从纽约的一个会议上回来，是关于激进主义和恐怖主义的。会议的第二天晚上，我和一位女士吃饭，一位来自伦敦的教授。当我把她送到她的宾馆，向她告别时，她捧住我的头，吻了我的嘴。也许这并不说明什么，可能只是例行的一种欢迎和告别的形式。但是在回自己宾馆的路上，我生平第一次思考起亲吻的问题来。你曾经想过这个问题吗？"

"嗯。"他等待着，但是她并没有说什么。

"在我们家里，父母从小就会亲吻我们的嘴，我几乎无法忍受。他们当然是亲情好意。但是每当我假期结束回家，我的父亲和母亲到火车站来接我，亲吻我的嘴表示欢迎时，我内心会变得很冷漠。而如果我那不注意个人卫生的父亲还带着难闻的口气，我就更恨不得浑身打颤了。现在我父亲早已去世。母亲一个人生活，我过几周就去看她一次。每次她都要亲我的嘴以示欢迎，而且是那种……我干吗要和你说这些？我是不是说得太多了？我是不是该住嘴了？不是的？她给我的吻是那种索要的、逼人的、贪婪的——让我联想到一个低俗的女孩，将身体扑到了一个完全不想跟她搭界的男人身上。

"我父母的身体……我还是个小男孩的时候，我父亲和我去过一两次游泳池，换衣服时把我带进了他的更衣室。父亲赤裸的样子，他那软塌塌、白兮兮的肥肉，他的体味，他的不净的内衣——这些都那么强烈地令我反胃，以至于我感到了良心的谴责。此后我再也没有见过他赤裸的身体，只看见过我母亲的。有时我陪她去看病，她脱光衣服，显露出松弛、垂挂下来的皮肤和弯曲的骨头。我同样厌恶，但同时也感到怜悯。最糟糕的是，当她控制不住自己的肠胃，忍不住大便的时候，而我正好在场。这时，床上、衣服上、卫生间的地上和墙上到处都是——我真不知道，她是用一种怎样绝望的动作弄得这么满世界的。由于她觉得丢脸，刚开始时不好意思说，但是接着就臭气熏天，无法遮掩了，而我要洗掉那些变干的粪便。我虽然嘴上只说好听的、安慰的话，不停地说，直到一切都弄得干干净净，但我的心里只有恶心和冷漠，只有紧咬的牙关。我已经没有小时候和父亲在更衣室里的那种良心不安了。为此我感到惊骇。在自己内心发现的东西令我惊骇不已。

"你知道那些杀害病人的护士吧，她们的故事？她们友好而有效率，但并不是因为她们爱那些病人，而是因为她们紧咬着牙关。她们是冷漠的。而超负荷的工作量只有心里怀着爱的人才能承受，所以有一天她们忍受不下去了，冷酷地将病人杀害了。然而，她们还不是最坏的人。你想想那些……"

"你并不要你母亲的命。你只是在擦拭她的粪便。"玛格丽特坐起来，抚摸着他的后背。

"但冷漠是同样的。当我走在街上，或者坐在咖啡厅里，我会观察人们。观察他们走路的方式，他们的举止，他们的面部表情。有时候我看见他们举止和表情中透露出的疲惫，他们面对生活的勇敢，他们一步一步艰难前行的英勇，心里充满了深深的怜悯。但这只是伤感而已。因为我同样会对这些人怀有一种冷漠，这种冷漠会让我有可能在握有一把手枪的情况下，不惮于法庭和监狱的无情，将所有的人都枪杀。"

"这些都是你在生平第一次思考接吻的时候想到的吗？"

"是我从那次思考以来想到的。有些是在这儿才想到的，因为我想要知道，我是不是也会像约尔克……"他显得有些茫然，玛格丽特发现，海纳突然在问他自己，她是否在取笑他。

他不该这样怀疑。"我还从来没有思考过接吻这个问题。假如我做这件事，我想我不会走到你那个方向去。我觉得，你的思维在大步地跳跃，从擦拭粪便跳到杀人，从善行跳到恶为，从想象跳到现实。有的时候，人们会在想象中把自己置于某些境遇里，而在现实中他是置身其外、拉开距离的，每个人都会这样。"

"从昨天到今天，你就没有问过自己，约尔克怎么能够杀他的那些受害者的？没有问过，你自己是不是也会做这种事？我发现，我虽然无法把自己想象为一个信仰坚定的革命斗士，但还是可以想象为一个头脑冷静和心肠冷酷的谋杀者的。"

玛格丽特摇摇头，把头靠在海纳的胸前。当她挪开身体，重又躺倒时，他也脱了脚上的鞋，躺到她的旁边。他们就这样入睡了。

九

其他人也在睡觉。约尔克和多乐在他们的房间里，克里斯蒂安娜在平台的躺椅上，伊尔瑟在小船的船头。只有马可在进城的路上。还有那两对夫妇和安德烈亚斯，他们正坐在湖边的一家花园餐馆里，望着被太阳炙烤的水面，享受着他们脑袋和四肢的疲倦，招呼服务员再来一瓶葡萄酒。房子里，平台上，溪流以及湖边，到处都很热，而炎热令人慵懒，慵懒让人和解。克里斯蒂安娜在入睡前有一种好的感觉，一切都会好起来的，无论如何，她期待如此，希望大家都这样感觉。

伊尔瑟睡着了，在她不知道该不该让扬入睡，正为此犹豫不决的时候。她能够想象他在进行谋杀之后陷入的两种不同的状态，一个完全精疲力竭的扬和一个痴癫晕迷的扬，一个躺到床上直至第二天早上都醒不过来的扬和一个彻夜不眠的扬。当她自己睡醒时，她决定让他彻夜不眠。

但是她不想继续讲述扬的日常活动了，暂时不讲。他盗车和抢劫银行的行动，他的逃匿，他接受巴勒斯坦人的训练，他和别人的讨论，他的金钱和武器库，他和女人的交往，他的度假——这一切她都能够想象，这一切她都可以写。但她必须去查找资料：德国恐怖分子盗车和抢劫银行是否遵循一定的模式？他们受训的营地在哪里？受训时间有多久，他们在那里学习什么？他们什么时候停止讨论政治战略问题，转而只商讨袭击的细节了？他们在哪里度假？这一切都是不难回答的问题。伊尔瑟不能回答的是，谋杀应该怎样继续进行下去。抓一个人质，带着他一到两个星期，开着车从这里跑到那里，给他吃的喝的，跟他说话，甚至可能开开玩笑——然后再杀了他？怎样办到这些？

　　开始几天没有人和他说话。他的手脚都捆绑着，不是怕他跑，而是怕他撕掉嘴上的胶布喊叫。墙壁很薄。白天他坐在房屋中间的一张椅子上，夜里就躺在地上。带他上厕所时，他们就解开他的一只手；给他吃喝时，一个人撕开他嘴上的胶布，另一个人就站在旁边准备着，一旦他试图叫喊，就把他击昏。他们始终都不会单独一个人和他在一起，而且在他面前始终都戴着面具。

　　所有要看着他做的事情，他们都使劲催赶他，在他起身、一瘸一拐地上厕所时，在他解大小便时，在他一瘸一拐地回房间时，在他吃饭喝水时。尽管他们催逼他快嚼速咽，他还是试着见缝插针跟他们谈话。"无论你们想用我做什么样的谈判筹码——我都可以帮助你们。"或者："请让我给总理写信。"或者："请让我给我太太写信，求您了！"或者："我的腿疼——请你们能不能换一个绑法？"或者："请您把窗户打开。"他们不理他。但即便他们不和他说话，他也知道他们是什么组织的；他看见了那个标语牌，他们让他在这个牌子下面照了相。

他们不跟他说话，也不谈论他。他们并没有商定这样做，也没有商量好要在所有事情中尽快地打发掉他。只是大家都有同样的需求，都想离他远远的。在他们刚刚抵达这间公寓时，赫尔姆特就对着他破口大骂，骂他是法西斯猪、资本家狗屎、金钱屁眼，让其他人都觉得很没脸面，玛伦用膀子搂住赫尔姆特，领他走出了房间。

几天后，他们转移到一座森林里的房子。但是他们事先并不知道，这里除了厨房和盥洗室以外，只有唯一的一个很大的空间。"这不是问题，"赫尔姆特说，然后从车里取来了他们劫持人质时和在路途上套在他头上的那个头套，给他套上。然而这仍然是个问题。虽然他被捆住、贴住、套住，没有办法跟他们说话，看不见他们，但他还是在场，在他们面前。越是一动不动地坐在椅子上，他就越是碍眼。假如他伸伸腿，转动转动头和脖子，来回地滑动几下，他的在场还让人容易忍受一点。由于他们不愿意暴露他们的声音，不在他面前说话，大房间里面十分寂静，他们都听得见他沉重的呼吸声。白天他们可以到厨房里去，或者走出房门。夜里他们便没法避开他的呼吸声了。

过了一阵，吃饭时，在咀嚼和下咽之间他会说："光通过鼻子我呼吸不过来。"他一次又一次地说这个问题，但是他们一直不在意。直到他从椅子上倒下来。玛伦立即拽掉他头上的套子，撕掉他嘴巴上的胶布，他又开始呼吸了。所有的人都没戴面具，玛伦反应迅速，在他苏醒过来之前又把套子给他套上。

从那以后，他们不再把他的嘴巴封上，他有时会说说话。他和他们讨论政治，由于他们不跟他讨论，于是他也扮演他们的角色。他向他们讲述自己，以"在你们的想象中，我大概……"开头，然后用"事实上……"引入正题。他讲他的战争时代，讲他在经济界的成就，讲他与政治的联系。他的讲述从来没有超过十五到二十分钟。他很聪明，他想把种子播进他们心里，让它们发芽，使他们不再把他脸谱化，视他为资本或者是制度的代表，并可以诛杀之，而是把他作为一个人来看。然后他开始谈他的太太和孩子。"我是无法与我太太离婚的，无论那时我们在一起如何的不幸福。当她突然意外地去世时，我想，我也死了，再也不会爱，不会幸福了。但是后来我认识了我现在的妻子，又一次恋爱了，先是爱上了她，然后又爱上了我们的女儿。我本来不想再要孩子了，在孩子出世时也没有真的感到高兴。可是后来……我爱上了那张望着我的小脸，爱上了那肉嘟嘟的小胳膊小腿，那令人爱不释手的小肚肚。我就像人们爱上了一位女子一样爱上了这个小婴儿。很奇特，不是吗？"

他的声音是有力而确定的。每当他试探地、迟疑地、沉思地说话时，扬总会对自己说，他在编故事给我们听。还有当他沉重的身体深陷在椅子里时，或者当他宽大肥胖的脸露出颓败的惨状和惊惧、哭丧的表情时，扬也都认为他是在演戏。这个男人在用他所具有的方式战斗。如果他自由了，会不会在一本书里记述或者在一个访谈中叙说，他曾经如何摆布我们？也可能他不会承认这一点，因为露怯会令他难堪，即使他这样做其实是为了影响掌控我们？

如果他自由了——他们又让了一步，将最后通牒延期了，让他拿着一张刚出版的报纸又在那个牌子下面照了张相。而如果同志们没有被释放，那他们就得击毙他。否则，如果他们放了他，谁还会把他们当回事儿呢？

最后通牒的最后几天一直在下雨。天气并不冷，他们坐在房前的屋檐下望着雨点坠落。树木间和草地上悬浮着雾霭，山林在其身后退隐，进入了低沉的云层之中。即便门是关着的，他们仍然听得见他在说什么。而他也同样听得见半导体收音机准点播报的新闻。他们轻手轻脚地进行抓阄，以决定由谁来执行对他的枪决，这不能让他听见。

扬试图读书。但是他已经无法在他所读到的东西和他生活的方式之间建立联系了。他在小说里读到的那些生活对他来说是那样的陌生，那样的虚假，令他面对它们时完全茫然失措，同样那些关于历史或者政治或者社会的书籍也令他全然无措，是他自己做出了背弃学习而投身战斗的决定。而现在，他对自己失去了读书的能力感到一阵小小的疼痛。这只是一种告别之痛，他想，最后的一点痛苦了，其他的痛都已经被我丢弃于身后了。

当最后通牒的时间只剩下最后一个小时的时候，人质说："等到这个钟点过去，你们会立即行动的——我现在是否可以给我太太写一封信？"赫尔姆特用一种讽刺的口气学腔道"给我太太写一封信"，玛伦耸耸肩。扬站起来，拿来纸和笔，摘掉他的头套，松开了他手上的绳索。他写信的时候扬一直盯着他。

"我的至爱，我们本来就知道，我将在你之前死去。我很抱歉，我这么早就得离去，这么早就要把你孤独地丢下。我所获丰盛，满载而行；在最后的这些日子里，我有这么多的时间思考，我的心被我们共同生活的这些年所充实。是的，我还有很多东西想跟你一起去经历，我多么想看看我们的女儿……"

他写得很慢，字迹孩童般的笨拙。自然，扬想，这人已经很久没有亲自动过笔了，只是口述，由别人记录。他口述，命令，掌控，刁难。同时，他拥有一位年轻的太太和一个幼小的孩子，还有一只温顺的家犬，当他办完他那些肮脏的勾当回到家里时，那只狗会跑过来迎接他，女儿会叫他："爸爸，爸爸！"太太会挽着他的手臂说："你显得很疲倦——今天很烦吗？"扬从裤腰上掏出了手枪，打开了保险，射击。

伊尔瑟站起来，从船上跳到岸上。不，这次并不难。第一次谋杀曾经很难，即便扬是在一种晕眩的状态下干的，他自己并没感觉到特别艰难。从第一次谋杀起，扬就破坏了要求我们互不杀人夺命的社会公约。那么这以后还有什么能够阻拦他呢？

十

汽车泊好后，卡琳走下车，这时，一位年轻人迎过来，跟她打招呼："主教夫人?"

她友好地打量着他，一如她从做牧师起就学会的那样，对所有接近她的人都投以友好的目光。他高个子，有一张开朗的脸，一种坦白的目光，本色的裤子，淡蓝的衬衫，手臂上搭着一件深蓝的夹克衫，给人一种阳光的、受过良好教育的印象。"有事吗?"

"我想请您帮我说句好话。您在这儿做客，对吧，我很想观赏一下这座房子和这片园林。我正在写一个作业，是关于这个地区的小庄园的，今天正好撞上了眼前的这一座。平常我整日都埋在档案资料里，周末我就开车到乡下来，亲眼看看我读到的东西。有些庄园已经找不到了，但是有时候我却撞上了一些资料里没有的东西。关于这个小庄园我就完全没有读到过。"

"我可以把您介绍给房产的主人们。"

"那太好了。您肯定想不起来了。十九年前，您在圣玛泰为我的朋友弗兰克·托斯藤施坚信礼的，在我离开教堂时您还跟我握了手。"

"是的，我记不起您和您的朋友了。您在读艺术史吗？"她走向那座宅子，他走在她的身旁。

"我马上就要毕业了。对不起，我还没有自我介绍。我叫盖尔特·施瓦茨。"

他们在厨房里找到克里斯蒂安娜和乌利希的女儿。克里斯蒂安娜刚开始有些疑虑，后来便放松下来。原来这就是那个在村子里到处探访的年轻人。她对卡琳说明了烤箱里烤肉的情况，便带着盖尔特·施瓦茨参观房子去了。他边看边问，边发议论。她知道是谁建造的这座房子吗？这房子让他想起十八世纪六七十年代卡尔·马格努斯·鲍尔芬特造的那些建筑。宽阔的门厅，楼梯是木头的，而不是像当时普遍的那样，都是石头的，两边的角屋不能直接走到，只能通过客厅才能到达——所有这些都体现了他的手笔。此外，她有没有检查过，大厅的屋顶和四个屋角的白色涂料后面是否有彩绘？鲍尔芬特的客厅总是将几个门分别朝平台和园林敞开，他喜欢让人在客厅的四个屋角画上绿色的藤蔓，在屋顶绘制明亮的、带有轻柔的云彩的蓝天。盖尔特·施瓦茨不仅能说得这么专业，同时也听得很仔细。克里斯蒂安娜对于墙里的霉菌和木头里的蛀虫的忧虑，对于房顶、管道，对于政府资助和满足资助条件问题的忧虑——对于这一切他都听得全神贯注，感同身受。到了园林里，她指给他看那块洼地，告诉他自己想将溪水引过来的打算。"有池塘的地方，也总会有一个小岛屿。"他寻找着并且在洼地中间的位置找到了一处略高的地方，上面有两块石头，当年石头上面很可能还托着一张椅子。整个过程中他是那样的友善谦和，在很短的时间就赢得了克里斯蒂安娜的信任，她提出他不妨自己继续走走，四处看看，她还得回到厨房去。

他没有单独待多久。安德烈亚斯从克里斯蒂安娜那里听说了他，找到了他，并且不让自己被他的良好教育和谦逊俘虏。"你有手机吗？我可以看看吗？"当盖尔特·施瓦茨诧异地将手机交给他后，安德烈亚斯将手机塞进了口袋。"你离开的时候会还给你。我们这里不想让人打电话。"

盖尔特·施瓦茨用一种友好的讽刺语气问道："因为辐射？"

安德烈亚斯随意地动了动肩膀和手臂，表示肯定，并且留下来，待在盖尔特·施瓦茨的身边。当他们把园林走了一遍，回到房子跟前时，约尔克正好从客厅出来走到平台上。他站住，眯着眼迎着夕阳，让人明白无误认出他就是那个人，他的照片在最近几周出现在每家报纸和每个电视频道里。而盖尔特·施瓦茨似乎并没有认出他来，没有表现出惊讶，没有好奇，这让安德烈亚斯真的起了疑心。但是克里斯蒂安娜抢在他前面说话了："您再待一会儿吧!"盖尔特·施瓦茨很愿意留下来。

安德烈亚斯不能指望用控告的方式对付这个新来的客人,假如他是一个僭越进来的家伙的话,他没法以此来威胁他,让他噤声。这就是说,如果听到任何不对头的话,我们就得把他留在这里,直到我们能够确信他不会造成任何伤害为止。

"你们出去玩得好吗?"克里斯蒂安娜问两对夫妇和安德烈亚斯,英格博格讲到他们参观的修道院废墟和他们旁听的音乐会排练,说排练很棒。"后来我们就坐在湖边,喝得有点醉醺醺的,迷糊糊的,很幸福,直到那三个人争吵起来。关于左派事业的问题——他们争得来劲,好像今天还有人对这种东西感兴趣似的。"

"不是这样的,我的宝贝,"乌利希尽力表现出耐心。"我们都知道,人们今天已经不再关心这个问题了。我们争辩的是左派干成了些什么。"他转向安德烈亚斯。"我们俩基本取得了共识。他们干成了两件事:在东方进行监管和持续的掌控,在西方进行恐怖主义。这两件事左派都完成了。而你所说的,卡琳……无论女权主义和环境保护取得了多大的进步——反正我们分捡垃圾,拥有一位来自基督教民主联盟的联邦女总理,这些都跟左派事业毫无关系。"

约尔克必须压制住自己,才能等乌利希把话说完。"这是不是又是冲着我来的?我现在是不是还败坏了左派的事业?你们俩

145

所从事的，你在你的牙科工场、你在你的律师事务所从事的左派事业？你们这些自以为是的……"他忍住了没说"王八蛋"，但又没找到别的什么替代词。"左派事业最首要的是，一个人可以反抗国家暴力，他可以摧毁它，而不是被它摧毁。我们表明了这一点，用我们的绝食和我们的自杀，和我们的……"

"……谋杀。每一个进行全球化操作、不缴税的企业都已经表明，国家暴力已经无用了，因为在它们必须缴税的地方，它们只是亏损，而在它们盈利的地方，都不必缴税。为此不需要谋杀，不需要恐怖主义。"

盖尔特·施瓦茨饶有兴趣地听着。如果他没有立即认出约尔克——那么他现在还不该察觉到他面前的这个人是谁吗？难道约尔克被特赦之前的那些喧哗他一点儿都没有耳闻吗？于是安德烈亚斯对自己说，如果这位新来的客人已经认出了约尔克，却并未脱口而出，没有表现出惊讶，这难道不值得怀疑吗？难道这是一个与世无争的艺术史工作者，对时事漠不关心的人？

克里斯蒂安娜无助地望着大家。她担心约尔克马上又要来问海纳，当年出卖了他，现在又来庆祝他的特赦，是一种什么感受。而就在这一刻，她所担心的事发生了。约尔克转向海纳。"你还没有回答我的问题。你当年把我送进了监狱，现在又来庆祝我从监狱里特赦出来——这是一种什么样的感觉？"

海纳站在玛格丽特旁边，没有手挽手，但是身体紧靠着。他吸了口气。"是的，我猜想，你会利用那个小屋作藏身之地或者作武器库。有一次我开车去了那个小屋，在那里丢给你一封信。也许警察跟踪我了——但我毫无察觉。你没有看到那封信吗？"

"你给我的一封信？"约尔克乱了阵脚。"没有，我没看见过你的信。不过我当时也没有这种可能——警察狗仔们当即就抓住了我。我被判刑后你来看我时提到过那封信吗？"

"记不得了。我只知道，你没有跟我说话，只是一个劲地骂我。骂我是'下三烂、半屁股'——我记住了它，因为那个放在屁股之前的字眼'半'令我发晕。我始终都没有搞明白，这个词在这里表示什么意思。"

"我当时没心思和刚刚出卖了我的人说话。这么说你没有……"约尔克摇了摇头。

"你看上去很失望。你是不是宁愿你的老朋友，这个资产阶级的半屁股，把你出卖了？"

"宁愿，如果你……不，我不情愿这样。我只是觉得很难去……如果警察连你都监视，跟踪了你，那他们还会漏掉谁？我们最后一次是什么时候见面的？在我转入地下的前几年了。你实在不算是一个很有意义的目标，尽管如此，警察还是……"约尔克的声音并不是失望，而是怀疑。

"正确地估计警方从来都不是你们的强项。不过我不知道——也许你们的人里还有谁送过东西到那个武器库里，或者从那个地方取走过什么，警察不是跟踪了我而是跟踪了他也说不定。另外，我们本来是要喝饭前开胃酒的吧？"

"等一下，等一下！"乌利希举起胳膊。"我为今天的庆祝活动专门带来了一小箱香槟。因为这里没有电，我把它存放到溪水里了。我马上回来。"

克里斯蒂安娜拿来酒杯，多乐端上来橄榄和切成小方块的奶酪，安德烈亚斯和盖尔特·施瓦茨把椅子围成一圈，伊尔瑟采来十二朵雏菊，一人一朵。

海纳和玛格丽特站在边上，约尔克走过去，问道："信上写了什么？"

"你的妻子自杀了——我想，你应该知道这件事。"

"噢。"约尔克依然有些怀疑。但海纳是经过准确计算的。爱娃·玛利亚是在约尔克被逮捕前不久自尽的。约尔克在确定了这一点以后，又"噢"了一声，然后走到了一边。

"你很会说谎，"玛格丽特对海纳说。"编得这么圆，都让我不寒而栗，即便你是好意，是为帮助别人说了谎。你只说善意的谎言吗？"

海纳忧伤地看着玛格丽特。"我的谎话之所以显得这么好，是因为我当时真的考虑过要到小屋去一趟，去放一封信。我不知道，爱娃·玛利亚是不是因为他而自杀；她的父母相信是这样，但他们也是从一开始就拒绝约尔克的。不管怎么样，如果他没有变成恐怖分子，爱娃·玛利亚本来可以过上幸福一点的生活。"

"但是你没有做这件事。"

"没有。这样做不会起什么作用。虽然我当时并不能确定这一点，但是我可以想得到。"他等着，看玛格丽特是否要说什么。她看着他，眼光里有疑问，有宽容。"你是对的。这事对我来说还不够重要。要是我当时真正看重这件事就好了，要是我真的写了这封信，送到了小屋就好了。那样多好。"

十一

　　克里斯蒂安娜从恐惧中解脱出来了。她享受着香槟酒，享受着这些朋友，重新以一种习惯性的慈爱的目光关注着约尔克。香槟之后开始晚餐，食物比昨晚更实在，更美味，桌布是雪白的，餐具是祖母传下来的，刀叉闪烁着银光，四道菜中的高潮是莱茵酸菜烤肠，约尔克的最爱。

　　约尔克谈起他在监狱厨房里干活的日子。"厨师长曾经是三星级饭店里的大厨，起码他是这么说的，我们也相信他。后来他厌烦了这种一直干到深夜的工作，就换了一份服务行业里正常上班的活儿。他在电脑里存了几十份菜谱，带有卡路里、维生素和微量元素等各种我都说不清楚的成分表，还有一个软件，他用它制定一周的菜单。这些菜谱，从柯尼希斯贝格尔肉圆加续随子汁到纽伦堡烤肠加酸菜，都是那种简单的、口味很重的家庭妇男的玩意儿，于是大伙儿都抱怨伙食单调。不过，你等着瞧吧，等他真做点别的什么，什么特殊的东西——那才更是弄得怨声载道。

其实这些他都知道，但是这个三星级厨师有时很固执，不在乎别人说什么，硬是给我们端出一个泰国菜或者是一个摩洛哥菜来。"

卡琳感到这事很有意思。"我也是这样，跟囚犯没什么不同。那些饭局，跟职业联系在一起的，山珍海味，对我来说简直就是遭罪。我最喜欢的就是去买一份咖喱肠加土豆条，坐在书桌前，一边读报，一边把东西填进去。我可以日复一日地这么做。不过我身边每天都发生一堆事情，所以吃饭这件事就越单调越好，越有助于休息放松。在监狱里，吃饭应该是一天的兴奋点吧？"

"是的。但是兴奋点并不意味着激动。这个兴奋点含义很多，包括了人们在监狱里渴望和想念的一切：外边的日常的生活，童年时正常无邪的世界，不是在父母身边、就是在祖父母跟前的日子，关心自己的女人——吃饭一直都是一件持续不断的、靠得住的重要事情。可以跟它相比的还有书，在监狱里读的书。我有一次在监狱图书馆里……"

伊尔瑟看着约尔克，想到了扬。约尔克多幸福啊！他可以进行一场日常的谈话，可以有一些东西讲，引起人们对他的经历和观察的兴趣，可以在这里或者那里拥有比他的谈话对象多一点的见闻——这让他开心舒服。对日常的渴望只是到了监狱里才生成的吗？还是隐伏在地下的秘密行动之中，一旦时机到来就会被唤醒？扬也有这种渴望吗？

克里斯蒂安娜也注意到了约尔克的变化。不见了疑虑，不见了小心，不见了距离。他主动融入了谈话。他那些关于革命、谋杀和懊悔的奇谈怪论难道只是在他受到攻击时做出的一种笨拙的反应吗？是不是不应该让他去做报告，接受采访，参加谈话节目？因为这些又会引出各种攻击？那么基于同样的理由，即便是法律上无懈可击的公开声明，不也一样是个错误吗？

就在这一刻，仿佛克里斯蒂安娜给了他一个提示似的，马可出现了。她从他脸上看得出来，他成功了，找到了律师，审查通过了这份公开声明。他为他的成功，为他的工程，为他自己甚感兴奋，等不及和约尔克单独在一起的时候，迫不及待地要打断所有人，向他们宣读约尔克将在星期天交给媒体的东西。

"这个问题我们已经表明态度了，"安德烈亚斯冷冷地说。"约尔克不向媒体递交声明。"

"我和一位律师谈过了，他向我确保约尔克不会担什么风险的。"

"现在我还是约尔克的律师。"

"这不是应该由他的律师来做决定的。他必须自己做这个决定。"

这个话题、这场争论和众人向他投来的目光都让约尔克感到痛苦。他双手快速地来回扇动着，最后说："我还要再考虑一下。"

"考虑?"马可愤怒了。"想想那些相信你、期待你的人,想想你对他们的责任!难道你又把他们丢到脑后去了吗?你想在世界面前以一个被招安的人,一个屈服者的形象出现吗?"

"我不需要别人来教训我该承担什么样的责任,不需要你,不需要任何人。"但是约尔克并不确定,能不能就这样了结这场令人不愉快的争吵,他将目光投向克里斯蒂安娜,好像她能够结束它。

"你为什么相信你姐姐?你应该相信那些愿意跟你一起战斗的人。他们不会出卖你,而是需要你。你……"

"够了。您是克里斯蒂安娜的客人,如果她做不出来,不好意思把您赶出去——我没那么文雅。要么您道歉,要么请您走人。"

"随他去,海纳。马可认为我出卖了革命,这是我们之间的老故事了。"

"怎么回事?"约尔克的脸上和声音里重新充满了怀疑和抗拒。"克里斯蒂安娜出卖了革命?"

"革命,革命,"马可挥手道,"你姐姐出卖了你。她通知了警察狗子,他们可以在森林小屋等到你。"

"这事我们已经讲清楚了。没有人出卖约尔克。想必是我当年去小屋给他送信时,让警察给盯上了。"

马可怒不可遏。"如果是这样，克里斯蒂安娜就不会把咖啡往你身上泼了。她害怕你说你没有出卖约尔克。那约尔克就会一加一等于二地计算出来，假如不是你干的，那就只剩下她了，只有她可能出卖他。我知道，她是好意，但是你难道不明白吗，约尔克？他们大家都是为你好，但是他们使你变得渺小。他们出卖你的伟大。如果你照他们的话去做，你的过去就什么都不是，你这个人也就什么都不是了。"

约尔克感觉一片混乱，目光从马可移到海纳再移到克里斯蒂安娜身上。整个晚上一直坐在他身边的卡琳将手放在他的肩上。"别让人弄昏了头。马可为公开声明而战，他为此是不择手段的。你想再考虑考虑，这是你的正当权利。公开声明反正要到明天才能发出去——或者你已经越过约尔克，今天就把它交出去了？"她严肃地看着马可。马可脸红了，结结巴巴地保证说，他还什么都没做。"我希望你只是因为我的目光严厉而脸红的。"

十二

卡琳继续说下去。"你认为，约尔克如果不做他想要成为的那样的人，就会什么都不是了？你认为，所有的人，如果没有实现自己的愿望，就什么都不是了？那么剩下的人，算是什么的人就不多了。我认识的人里面，没有一个人实现了他梦想的人生。"

"你还想要实现什么？我以为，在没有教皇的地方，你们主教就是最高的位置了。"安德烈亚斯没办法不说，卡琳总是让他忍不住跳出来。

埃伯哈德笑起来。"有时候，有些东西，自己根本没有梦想过的东西，会不期而至。但这并不能改变大多数梦想都无法实现的事实。我是这里最年长的，连我都不知道有谁平生实现了他的梦想。但生命并不因此而无谓。一个女人尽管不是万人迷，却依然可以可爱，一座房子虽然没有树木环抱，依然可以美好，而一个职业虽然不能改变世界，却仍然可以令人尊敬，带来丰富的收益。一切都可能有所作为，但是又不会像人们曾经梦想的那样。

没有理由失望，也没有理由强行做出什么来。"

"没有理由失望?"马可露出一副讥讽的表情。"你们想美化虚饰一切，自欺欺人吗?"

海纳在桌布下抓住玛格丽特的手，并紧握了一下。她朝他微笑，也回握他的手。"是的，"玛格丽特说，"没有理由失望。我们生活在流亡中。我们曾经是的，想要继续是的，或许注定要成为的，我们都在失去。但同时我们又找到别的什么。而即便我们以为我们会找得到我们寻觅的东西，这东西事实上也是别的什么。"她又一次握了海纳的手。"我不想咬文嚼字。如果你视此为失望的理由，我理解。但事情就是这样，除非……"玛格丽特微笑道。"也许这制造了恐怖分子。他不能忍受在流亡中生活。他想炸出他的梦想家园来。"

"他的梦……约尔克没有为他的梦想战斗，而是为一个更好的世界。"

多乐大笑起来。"我曾经读到'Fighting for peace is like fucking for virginity'。你总是战斗个没完!"

"我喜欢这个比喻。我的工场和你们两个，我生活中的女人们，是我的流亡生活。小时候我梦想自己成为一个伟大的发现者，第一个穿越一片沙漠或是一片原始森林，但是什么地方都有人捷足先登了。后来我想做一个伟大的爱人，像罗密欧和朱丽叶，或者保罗与弗兰切斯卡。也没有实现，不过我有你们和我的工场——一个男人还能有更多的企求吗！"乌利希用左手对他的夫人、用右手对他的女儿抛去一个飞吻。

"现在是公布真相的时刻吗？"安德烈亚斯看了看大家。"我曾经想成为革命的法学家，不是法学理论家，而是实践家，像检察官维申斯基或者女法官希尔德·本雅明那样去实现革命的正义。也落空了，感谢上帝，我也不想重返这个梦想的家园了。"

"我的梦来得很迟。或者应该说：我直到很迟才发现，我是在流亡中生活。发现我其实并不想教课，而是想写作。发现我厌烦了那些学生。他们如果想从我这儿学到些知识，我会很愿意教他们，但情况不是这样，不是他们要从我这儿求学，而总是要我反过来求着他们。是的，我想从我的流亡生活中出来，回到我的家园。我想与我想象中的人物和故事在一起生活。我想写出好东西来，但是如果只能达到廉价读物的水平，我也无所谓。我要坐在视野开阔的窗前写作，从早到晚地写，有一只猫趴在写字台上，另一只在我的脚边。"

有的人凝视着这个伊尔瑟。另一些人则呆住了；这不是他们印象中的那个伊尔瑟了。她又重新焕发出光芒，不再是金发美女，却是胸有成竹，跃跃欲试。她的状态感染了大家，其他人也都活跃起来。一个接一个地叙说自己曾经有过怎样的梦想，后来被转人怎样的流亡生活，最后如何与之和解了。连马可也参加了进来，他本来想当一名火车司机的，后来在革命斗争的流亡中找到了自己。约尔克始终沉默着，一直到最后。"按照你们的说法，那么，监狱就是我的流亡生活。我学会了在那里面生活。但是和解——没有，我没有跟它和解。"

"就这么回事啦，"乌利希试图安抚，"在我们与流亡生活和解的同时，我们还保留着对梦想的回忆，对我们为实现梦想所做过的努力的回忆。我曾经从北海徒步跑到地中海，你们不要笑，那可是两千五百公里的路，花了我半年多的时间啊。撒哈拉沙漠或者亚马孙河我是没有去成，但是欧洲一号徒步之路也是很不错的，我永远不会忘记，我怎样在帐篷里度过一个阴湿的夜晚之后，在圣哥达山口冒着雨爬了最后的几公里山路，然后披着阳光下山，到达了意大利。"

他的这番话把这一轮"梦想"话题转入到下一轮"你们还记得吗"话题上。你们还记得吗，在去格勒诺布尔集会的途中，我们住在帐篷里，山体滑坡，被雨水冲刷过来？还记得吗，在奥芬堡集会时我们做了印度饭，结果所有的人都拉稀？还记得多丽丝赢得了大学小姐选美竞赛，当场朗诵了《共产党宣言》的段落吗？还记得吗，对政治毫无兴趣的赫尔诺特只是因为喜欢上了爱娃，才参加了反越战游行，却突然喊出了"美国佬从美国滚出去"这样的口号？每个人都回忆起一两件好玩儿的事情。

他们等待着，等蜡烛点燃；黄昏像让黑夜步入白天那样，让过去的日子亲切熟悉地走到当前。那些回忆属于一个终结了的时代，一个与现实并无交叉的时代。然而，这些回忆是鲜活的，于是，这些老朋友感觉自己老了，同时又很年轻。这种感觉也十分亲切暖人。等到克里斯蒂安娜终于点燃蜡烛，他们又能相互看清楚时，他们很愿意在对方苍老的脸上看见刚刚在回忆中见到的那张年轻的面孔。我们把青春保存在心中，便能够回到青春去，重新找到年轻的我们。然而青春已经逝去——伤感笼罩在他们的心头，还有同情，相互间的同情和对自身的同情。乌利希拿出一小箱波尔多葡萄酒——他不仅带来了一小箱香槟，还带来了波尔多。他们为老朋友，为老时光干杯。杯盏之间，他们看着红酒中烛光闪烁，就像在水边看着拍打过来的波浪，或者是望着壁炉里吞吐的火苗。

不断地还有些事情被他们回忆起来。你们还记得我们是怎样在拉滕贝格教授的大课上放老鼠乱跑的吗？还记得我们在联邦总统讲话时让扩音设备失效吗？记不记得在有轨电车提高票价时，我们如何用铁锥堵住轨道的？还有我们把关于孤立刑法的标语牌挂到了高速公路大桥上的事？在警察把它拿下来以后，我们又把牌子的内容喷到桥的水泥上？我们为了能够游行示威，还从公路局的院子里搬走了交通标志，把主干道给封了，这件事还记得吗？这事是卡琳想起来的，她说的时候笑容有些尴尬。她在谈这类事情时并不特别自在，但同时又重新感觉到那种冒犯禁忌的刺激。爬进公路局的院子时感觉到这种刺激，雨夜和手电筒忽闪的光照营造了一种气氛，给人以神秘感，而大家在一起抱成团也是一种美好的感觉。

"是的，"约尔克说，"交通标志那个行动不错。在夏季人质行动中我们又用了那个方法。"

十三

盖尔特·施瓦茨大笑起来。"你们还记得吗，你们还记得吗……"在此之前，他一直都没说话，大家都没注意他。他想来没什么可以回忆的东西，不过马可和多乐也一样，却都参与了进来，不时地发表几句表示惊讶或者嘲讽的评论。而盖尔特·施瓦茨整个晚上都坐在那里不吭气。现在他发言了，而且表达得剑拔弩张，话音刺耳。

"在我长大的小城里，每隔几周我都会和朋友们到一个酒馆里玩牌。有一天晚上，当我听说，一张固定席位上的五位老人都曾经在纳粹冲锋队待过，我便坐到那张酒桌旁边的位置上，竖起了耳朵。你们还记得吗，你们还记得吗——整个晚上都是这话。当然了，他们不是在说，你们还记得吗，我们当年在维尔纽斯怎么打死犹太人，在华沙怎么枪杀波兰人的，而是说，你们还记得我们在华沙怎么大喝香槟酒的吗，在维尔纽斯怎样玩波兰女人的吗。你们还记得那个理发师怎么剃掉那些老头的长胡子的吗，哈

161

哈？——你们没什么两样。你们怎么不说，你还记得吗，你是怎样在抢劫银行时击毙了那位女士的？或者是怎样在边界上打死了那个警察的？或者那个银行行长？或者那个联合会主席？不错，后者我们不知道是你干的还是另外一个人。怎么样，爸爸？你不想跟你儿子说，那次是不是你干的？"

约尔克慌乱地看着他的儿子。"我……"

"嗯？"

"我记不得了。"

"你记不得了？你记不得是你还是另外一个人杀了他？"他又笑起来。"最终你真的记不起来了，那几个老头也记不起来他们曾经打死、枪杀了犹太人，记不得他们用煤气毒死了犹太人。"

所有的人都无法理解，为什么他们竟然没有看出来，这对父子之间有很多相像之处，现在看来是再明显不过了，他们高大的身材，有棱角的脸盘，眼睛的形状都一样。克里斯蒂安娜无法将目光从这个年轻人身上挪开。她最后见到他时，他才两岁，她只知道，他叫费迪南德·巴托洛梅乌斯，这名字来自费迪南多·妮古拉·萨科和巴尔托洛梅奥·万泽蒂，她只知道他在母亲自杀后跟着外公外婆长大，知道他在瑞士上大学。他学的真是艺术史？还是只是为了被邀请进来而编的一个名目？

费迪南德看着他的父亲，目光里充满了蔑视。"你不记得了——这是从什么时候开始的？你什么时候把它忘记的？还是拒绝记住它？是失忆症在某个时候像一记重拳一样打在脑袋上，将它突然清除了，还是在干过这事之后立即就失忆了？或是你们喝得太多了，那谋杀是在醉醺醺的状态下进行的？我认识他们所有的人，那位女士的孩子，那个警察、银行行长和主席的孩子们。他们想知道，你是怎么想的，而主席的儿子希望总有一天能弄明白，你干了什么，你们干了什么，你们中间谁杀害了他的父亲。这些你懂吗？"

约尔克在他儿子的蔑视中僵住了。他目瞪口呆地看着他，既不能思考，也无法开口。

"你没有能力面对真相，没有能力悲伤，就像当年的纳粹一样，丝毫不比他们强——在你谋杀那些从未对你有过侵犯的人的时候是这样，在你此后没有明白自己做下了什么的时候同样如此。你们对自己的父辈感到气愤，认为他们是杀人犯，而你们自己变成了同样的人。你本来应该知道什么叫做杀人犯之子的，自己却成了杀人犯父亲，我的杀人犯父亲。看得出来，从你的目光中，从你的言谈里，你对你的所作所为毫无歉意。你只遗憾，那些事情没有成功，你被抓住了，关进监狱了。你不为其他人感到遗憾，你只为你自己感到遗憾。"

约尔克一副呆呆的样子僵在那里，仿佛他并不理解别人在向他说什么，只知道事情非常可怕。别人要粉碎他所有的解释和自我辩护，要将他消灭。而且他无法与这个控告者争辩。他看不见一块共同的战场，在那里自己可以与对方相遇并且战胜对方。他只能希望可怕的雷雨过去。但他担心这是一个错误的希望，雷雨将在头顶上停留，直到一切被摧毁之后才会结束。所以他还是得努力维护自己，进行抵抗。无论如何。"我不需要别人来教训我。我已经为这一切付出了代价。"

"这你没有说错。你不必让我来教训你任何东西。你也从来没有让我教训过你什么。你可以站起来，逃到房间里或者园林里去，我不会追着你。但是你不要来跟我说，你为一切都付出了代价。二十四年抵消四次谋杀？一条生命只有六年的价值？你没有为你的所作所为偿付代价，你把它勾销了。我估计在你行动之前就勾销了。但是，宽宥只能由别人来做，而他们没做。"

这情形令人不寒而栗，海纳想。儿子审判父亲。儿子在正义的一方，父亲在非正义的一方。儿子追随激情，父亲遁入拂逆。儿子不肯面对他的痛苦，父亲不能面对他的无助。这将如何是好？这两人该怎么办？我们该怎么做？卡琳坐在他的对面，他看得出来，她也同样感觉眼前发生的事情很可怕，她也同样不知道该怎么做。但她还是打算试试。"我可以想象……"

"不，您无法想象。您不能想象，母亲或者父亲被谋杀了是怎样的情形，您也不能想象，父亲是一个谋杀者是怎么一回事。而我的父亲就更是不可能想象这一切。他不愿意想象这些。您以为，他在母亲自杀后给我们写过信吗？还是祝贺过我中学毕业？或者祝贺我上了大学？您以为我曾经收到过我父亲的任何一封信吗？"

"这让我感到很遗憾。您父亲肯定是没有办法给您去信。他……"

"但是我曾经给他写过信的。"约尔克激动起来。"我从监狱给他寄过信和明信片，但是所有的东西都又退回来了，我后来就放弃了。我给他写过信。"

"信上写了些什么？"

"我哪里还能记得？都过去二十年了。我相信，我向你解释了我为什么不在你身边，而是在监狱里。我写了世界上存在的压迫，写了我们进行的战斗，写了我们必须付出的牺牲。我……我该给你写些什么呢？"

费迪南德继续充满蔑视地看着约尔克。"我根本不相信你。你觉得不适合记忆的，就遗忘掉，你记忆中没有的，你就编造出来。看来你在谋杀那位主席过程中的作用令人发指，以至于你无法承受有关的记忆，而你的孩子提不起你的兴趣，这一点同样令你无法忍受——或者因为你的朋友们认为这样太低劣，使你不得不向他们说谎。你是……"费迪南德突然停下来，他不想说他父亲是什么。他是不想说他父亲是头猪吗？他不想像他父亲那样说别人吗？他继续说道："母亲也是你杀害的，不是你亲手杀的。但是你杀害了她。当她爱上了你，你们制造了我的时候……她将她的全部身心都投入进去了，她就是这样的人，每一个认识她的人都这样说，你不要告诉我，你不知道这一点。"他强忍住眼泪。在他父亲和父亲的朋友面前他不想示弱。他的声音没有中断。"但是你很可能就是想这样告诉我。你不曾知道，或者不再知道你曾经知道的事情了。你把这些忘记了。还是你想告诉我，她跟着你是不会幸福的？你离开了她，而不是留在她身边，以此避免了更加糟糕的事情发生？"

他说不下去了，站起来，走入园林的夜幕之中。略微犹疑之后，卡琳站起身。

"您别动了，"多乐说着，也站起来，跟在他后面走了出去。

如果得不到著名的恐怖分子，那么是他的儿子也好，海纳想，同时又感到愧意。也许这个女孩的内心比他猜想的要光明得多。而这位儿子却令他感到不安。他说得越多，他的那种不妥协劲儿就越是让人回忆起约尔克当年的坚硬无情。海纳想，劫难是怎样不断又不断地传承了下去。

十四

多乐在园林里迈出的最初几步还能借助客厅的烛光。接着就是一片黑暗了。她慢慢地向前走，试探着，摸索着，哪里是树枝和树叶簇拥的灌木丛，哪里是路，一边注意地听费迪南德的脚步声。这时她前方的近处有树枝折断的声音，她摸索的手碰到了费迪南德。在黑暗中他没有走远。

"我们去溪边的长椅那里，"她小声对他说，并抓住了他的手，"这条路走到底，然后向右。"他不吭声，让她握着他的手。她领着他，几步顺畅，几步踉跄，不是他被绊，就是她踩空，她扶住他或是他抓牢她，然后两人站住，紧靠着，辨认方向。他们的眼睛适应了黑暗，他们的耳朵在远离了平台上一群人的声音后，察觉到林子里的声响，听见有一只鸟在歌唱，一种小猫头鹰发出了叫声，还有树叶在风中沙沙作响。"这是夜莺，"多乐悄声对费迪南德说，那只鸟又开始歌唱了。

然后他们来到了溪边，来到了长椅旁。这里敞亮一些，他们看见水在流淌，树林到此终结，田野展开。田野后面的村庄里有一束光亮。他们相互望着。"我叫多乐，"她说，"你叫什么？"

"费迪南德。"他们坐下了。

"你是不是宁愿独自呆着？"

"我不知道。"

"是因为你不认识我吗？我是你父亲一个老朋友的女儿，他成为恐怖分子之前的一个朋友。我相信，他们俩之间不曾有过亲密的友谊，他们只不过全都属于一个团体。我父亲很早就告别了政治事务，成了一个商人，牙科工场，我是他娇宠的独生女儿。昨天晚上，我曾经想引诱你的父亲，但他不愿意，今天下午他哭了一场，我安慰了他。我就是这样，掺和进跟我毫无关系的事情，如果他们允许，我会带给他们抚慰。关于你父亲，我是这样对自己说的，特赦结束了恐怖主义和监禁的一章，他必须重新学习生活。我不知道他妻子自杀了，不知道还有你的存在。"

"他们没有结婚。她曾经希望他娶她，特别是当我来到这个世界之后。但是她又装出很不在乎的样子，好像她很超凡脱俗。直到他离开了她。而他们也从来没有真正在一起生活过。他只是和她会过几次面，因为她长得漂亮，因为她为他着迷。可能我该劝解自己，那个时代就是这样的，宽恕他离弃了我和我母亲。但是我做不到。"他苦笑。"就是联邦总统也无法特赦他这一点。母亲没有特赦他，我也不。为母亲的自杀……"

"但自杀是在他离开她多年之后发生的。你那时几岁?"

"我六岁，上学的第一年。父亲离开她以后，母亲再也没有安宁过。在那位妇女被杀之后，她联系了她的父母，警察死后她试图联系他的遗孀，但是那对父母和那位遗孀只是把她视作杀人犯的妻子。在学校里，陌生的孩子嘲弄我殴打我，尽管我没有和母亲说，但她还是知道了，并且责怪自己。除此之外她还为很多事情心存自责：为我成长的环境里没有父亲做榜样，为我不运动，不踢足球，不玩手球，也不打篮球，为她父母操那么多的心，操心她，也操心我。当然，在母亲死后他们得真正地为我操心了，他们花了很多心血，我真的很感谢他们。可是我更愿意在母亲身边、特别是在父亲和母亲的身边长大。"

"你的整个生活都绕不开这件事吗? 我认识一个男孩，他的父亲是一个大科学家，诺贝尔奖获得者，这就把他搞得像瘫痪了似的。有些著名的艺术家和政治家的孩子在父母的阴影里发育不良而精神萎缩。我认识一些男同志，他们在生活中一事无成，因为他们必须不停地完成同性恋者的身份认同。"她不知道，他是否明白她想要跟他说什么，但是她也不想问他这个问题。"你父亲是你想象中的那样吗?"

他耸了耸肩膀。"我想象中的他应该是更加有力量的，更加决断的，不是这样不堪。你怎么看他?"

"你觉得他不堪?"

"非此——即彼。要不他坦承他所做的事，说事情当时是这样的，是正确的，要不他今天认为这事做错了，对此表示后悔。这两种情况我都能接受，但是我不能接受他那些猥琐的废话，说这一切他都忘记了，他为这一切都付出了代价。"

多乐不知道该怎样谈下去。她可以对他说，孩子长大以后，父母总让人产生一种失望感。她的父亲也不再是她还是小姑娘时所信仰的那个英雄。但是他不赖，失望，不，她没有对他失望。况且，在她看来，即便约尔克更加强有力地承担他的行为，或者对它们感到后悔，费迪南德也未必能从对父亲的怨恨中解脱出来。她感觉到，他必须跟他父亲达成和解，这样才可能从中解脱出来。但是怎么样才能做到这一点呢?"你爱你的外公外婆吗?"

"我想是的。他们当时已经年迈，也不是特别热情的那种，是比较审慎的人。但是他们把我送进了一所很好的学校，在所有的方面给予支持，只要是我想学的、想做的，钢琴，各种语言，旅游。我无可抱怨。"

多乐开始做新的尝试。"你能理解你的父亲吗? 我的意思是，你能试图去理解他吗? 你能不能多和他谈谈，和你的姑姑，和他的朋友们? 你觉得他不堪——可能他自己也不喜欢这样，而是很想有力量。需要了解一下他为什么会这样，什么原因。"

他轻蔑地哼了一声。

她看着他，等待着。他没有继续说什么。她把它视为好的兆头。"如果你努力一下，可能你就能理解这个老人了，他这一生都没能走上轨道，他也不知道该如何面对它。谋杀、劫持人质、抢劫银行、逃匿、监狱，这场革命到头来只是竹篮打水一场空——这样一种狗屁生活有什么意义啊？可是，这生活还是得有某种意义。"她又看着他。这是一个紧抿着双唇、腮帮上的肌肉在动的面部轮廓。她觉得他的脸有一种很动人的男性气质。他弯下腰，从地上拾起一小块木柴，开始用拇指指甲在上面划刻。她感觉到，他很愿意听她说，希望她说下去。但是她下面应该说什么呢？"你仍旧跟你的外公外婆一起生活吗？"

他过了一会儿才回答。"假期里有时候在一起。学期期间我在苏黎世。"他继续划刻着。"刚才我差一点要哭出来。我已经想不起来，我最后一次哭是什么时候了，那已经很久很久了。是母亲去世时？我不愿意在他面前哭，宁愿跟自己过不去。不是因为悲伤，而是因为怒火——我以前不知道，怒火跟伤痛一样令人心如刀绞。他坐在我面前，肚皮挂在裤子上，羸弱的胳膊从衬衫里伸出来，一脸的纹路和疲惫，目光浑浊不定，我就想，这个混蛋造了多少孽啊，怒火烧得我喘不过气来。你认为我应该理解他。

而我却经常想，我该毙了他。"他挺直身子，将双臂放到椅背上。
"不知道来这里是对还是不对?"

"对。"

他耸耸肩。

"有点凉了，"她说，一边靠向他取暖。

他没有让开，但是也就仅此而已。她想起约尔克，当她搂着
他的时候，他僵硬地坐在椅子上一动不动。子如其父。她轻声笑
起来。然而，这时，费迪南德伸出胳膊搂住了她。

十五

费迪南德和多乐离席之后，约尔克有一会儿坐在那里不动，他需要聚集力气站立起来，走开。他感觉到需要向大家解释自己，尝试了几次，却不知道该说什么。其他人也都哑然失语。他们望着烛光，望向园林里的夜幕，当目光相遇时，他们只能尴尬地浅笑。约尔克直到离开时所能说出的只有"晚安"两个字，而其他人能够回应的除了"晚安"也没有更多的话了。片刻，克里斯蒂安娜站了起来，要去跟上约尔克，这次乌利希没有再报以嘲讽的目光，而是点了点头。

"我明天早上九点钟敲钟，做一个短小的弥撒，"卡琳在克里斯蒂安娜离去之前说道。"我不会要你们大家都来，只是告诉你们一下，为什么会敲钟。"

这一来打破了沉默。她真是坚如磐石，安德烈亚斯一边想一边摇头。马可立即宣布他不来。连伊尔瑟都对卡琳的宣布感到惊讶，但她很快就觉得这事发生在卡琳身上其实很自然，比起她不间断地、费心费力地消解冲突寻求和谐，这种不时的弥撒仪式更适合于卡琳。英格博格说："啊，太好了，我们很愿意参加。"而乌利希则为又有机会冷眼嘲笑感到满意。玛格丽特从宣布的时间和钟声想到早餐，以及餐具和洗涤。"谁一会儿帮我洗碗?"大家都表示愿意帮忙，那干吗不说干就干，等干完了再喝最后一杯酒?

等到他们忙完再一起坐到平台上来时，埃伯哈德说："我们明天中午一过就得启程了。卡琳将给约尔克提供一份工作，在她那里的档案室。大家还能想到什么我们可以做的事，帮助约尔克和克里斯蒂安娜?"

"我已经跟他说过了，他可以到我的那些工场去工作。"

"如果他愿意写东西，我可以帮助他找地方发表。"

马可刚以"是这样，我认为……"开始，就被安德烈亚斯打断。"对，我们知道，你认为，我们应该给他安静，好让他再去搞革命，这是他唯一要做的事，并且是他做出了一些有成就的事情，你想怎么说就怎么说好了。忘了这个革命。不过讲到给他安静——这个你说得没错，约尔克知道，有关工作的事，我们会帮助他的，他需要我们的时候，自己会来找我们。也请你给他安静。"

"你少来这种自以为是的废话。你没有权力指教我该做什么和不该做什么，包括约尔克，你也没有权力指教他。你不要以为比我了解约尔克，其实，你所了解的一切，都是那个虚弱的约尔克，那个被控告、被宣判、被监禁的约尔克。我了解的是另外一个约尔克。你把革命的梦想出卖了，你们大家全都把这个梦想出卖了，自己也让人收买，腐败堕落了。这在我这儿行不通，在约尔克那儿也行不通。你们休想把他变成叛徒。"起初所有的人都不明白，马可为什么越讲越失控。直到他说："你们不要企图阻挡约尔克给媒体的声明了——我今天已经把它交出去了。"原来马可是想为自己的行为伸张理由和权利。

安德烈亚斯看着马可，很累的那种目光，还有一点恶心。他站起来，问这一圈人："园林里那个可以打电话的地方在哪里？"

玛格丽特也站起来。"跟我来！"

马可的手啪地拍在桌子上。"你们疯了吗？你们都还没有跟约尔克谈过，就想毁掉他的生活吗？"他跳起来，三步并两步抢到安德烈亚斯跟前，打掉他手中的电话，弯腰捡起来，直起身子把电话扔进园林里。他胜利地、斗志昂扬地蹦跳着站到安德烈亚斯的面前。后者转向卡琳的丈夫，疲倦地问道："我可以用你的吗？"埃伯哈德点头，从口袋里拿出电话交给安德烈亚斯。安德烈亚斯准备离开，马可又要跟上去，可是这次伊尔瑟伸出了她的腿，马可一个趔趄，摔了下去，连带着玛格丽特的空椅子哐当一声倒在地上，吓得伊尔瑟短促地"啊"了一声，用手捂住了嘴巴。

这一刻，所有的人都屏住了呼吸。然后马可狼狈地直起身体，但又不想站起来，而是背靠在伊尔瑟的椅子上。安德烈亚斯和玛格丽特向园林走去。乌利希对他太太说："看，他还活着。我今天没劲儿了。你呢？"她把手递过去，两人向大伙儿点点头，走了。卡琳询问地看着她先生。他也点点头，站起来，她随着他站起身。但接着她又犹疑不定地站着不动了，直到海纳说："尽管走吧！"伊尔瑟也跟着劝道："是啊，睡去吧！"

马可坐在地上不解地说："我给绊着了。"他用双手抱住头。

伊尔瑟捋着他的头发。"是我把脚伸到你前面的。"

"真的？"

"真的。"

"我吵架来着。"

"你和安德烈亚斯吵的。等安德烈亚斯回来，你应该已经上床了。我们不希望再出现什么戏剧性的情况，这一天里发生的事情已经够多了。海纳送你到你房间去。你有阿司匹林吗？没有？我回去睡觉时给你送点去。"

伊尔瑟在平台上一个人坐了一会儿。然后海纳回来了，告诉她，马可眨眼间就睡着了，也许他有那么一点轻微的脑震荡。从园林的暗夜回到平台的光亮之后，安德烈亚斯和玛格丽特先问了马可的情况，然后报告说，安德烈亚斯取得了一半的成功。"通讯社将关于声明的报道拿出来了。但是至此，声明已经在里面待了几个小时，会有几个报纸登出来，虽然我可以让这几家报纸发一篇纠正的说明，但事情仍然够糟糕的。"

"我们还有葡萄酒吗?"

"门边上放着乌利希的波尔多。"

他们拿来剩下的最后一瓶波尔多，斟上，再一次碰杯。"干杯，为了这诅咒早日结束，"玛格丽特说。"为了这诅咒早日结束，"大家重复道。

"什么诅咒?"过了一会儿，安德烈亚斯问。

"这难道不是诅咒吗? 从约尔克的上一代到约尔克，又从约尔克到他的儿子? 我觉得就像一道诅咒。"她看到安德烈亚斯怀疑的目光，朝他微笑道。"在我们这个远离城市的地方，季节有点滞后。秋天里，随着雾水也有精灵一起到来，如果在夏夜里听到鸟类的叫声，那不仅仅只是小猫头鹰一类。我们这儿还有女巫和仙女，有些诅咒要几代以后我们才能消除。"她站起来，其他人也跟着站起来，她拥抱了安德烈亚斯和伊尔瑟，对海纳说："你送我回家吗?"

十六

克里斯蒂安娜跟着约尔克来到他的房间时，约尔克正坐在床上，眼睛怔怔地望着地板。她坐到他身边，拿过他的手放在自己的手里。

"你说我儿子明天还在吗？"

"你想他在吗？"

"我不知道。我真没有想到，这一切会这么难。照理说，我该把一切都考虑充分了，我也是这样做的，把一切都充分地考虑过了。但是这就跟游泳似的。你还记得吗？我还是个小男孩的时候，整个夏天在家里趴在椅子上练习游泳动作，但是带着这个练得很正确的游泳动作到了水里，还是老往下沉，一个夏天都是这样。在监狱里我是趴在椅子上，现在我在水里。"

"但有一天你就突然会游了——你还记得那是怎么回事吗？"

"我怎么会不记得！秋天我们和克拉拉姨妈到提契诺的马焦雷湖去旅游，我跟你下到湖里去游泳，一下子就游起来了。"

"所以，你现在在这儿和朋友们练习一个周末，等我们到城里去的时候，就没问题了。"

"不行。"他摇了摇头。"我明天就要办到，如果明天还不算太晚的话。"

"也许这个周末是个错误——我很抱歉。我……"

"不，克里斯蒂安娜，我在什么地方撞墙了，受伤了，这就是我的界线。我得拽着自己的头发把自己拔出泥潭。"他将前额往她的肩上略微靠了一下。"很多东西我真的不知道了。我不记得是谁开的枪了。我不记得我是不是该跟扬在阿姆斯特丹碰头，而且把这事给耽搁了。我不记得那个巴勒斯坦女培训官的名字了，也不知道我们之间是否发生过什么了。我记不清自己在监狱里这么多年都干了什么——不管是什么，我肯定干了些事，但是这些都消失了。"

"我们不可能将所有的东西都保存在记忆里。"

"这我也知道。但是对我来说，好像是这些事情一下子都从记忆里蹦了出去，不是陈旧的不重要的东西，这些必须要沉淀下去，让新的重要的事情找到存放的位子，我失去的是我这个人的一部分。我还怎么能相信自己？"

"给你自己一点时间，小山羊，给自己留点时间。"

他笑起来。"可惜这一点我们从来也没有办到过。给我们留点时间，让事情慢慢来，听任生活的流程，接受它，好好地过我们的日子——这些我们从来也没有学会。"

"英国人有一个关于老狗学习新手艺的谚语。"

"不是的。Old dogs don't learn new tricks①，这句英国谚语说的是相反的意思。"

两人都沉默了。克里斯蒂安娜发现，自己不像昨天晚上担心那么多了。这令她惊讶。昨天的难题一个都还没有解决，今天新出现的问题也没有解决。为什么它们不再让她那么害怕了？

她从约尔克的呼吸中听出，他睡着了。他坐在床上，俯身向前弓着，手放在肚子上。她轻轻推了他一把，他侧身往床上倒了下去。她把他的鞋脱了，把他的腿放上去，把他身子下面的被单抽出来，铺到他身上。然后她在床边站了一会儿，看着她熟睡的弟弟，这时她听见雨水一滴滴落下，进而变成了均匀的哗哗的响声。

她在她熟睡的弟弟脸上看到了一切：他的严肃，他的良好的意愿，他对激情的追随，他所缺乏的距离感——对一切，也对他自己，他的狭隘和局限，他对自己过高的估计，他的无所顾忌，他的茫然无助。如果她是偶然遇见他的，她能够慢慢喜爱他吗？

---

① 英文，老狗学不出新把戏。

她不是偶然遇见他的。他是她的弟弟，她带大的、她陪伴的和对其关怀备至的弟弟。他是她的命运，无论她做什么都不会改变的命运。她轻手轻脚地去了自己的房间。

最终大家都睡了。安德烈亚斯先在房间里来来回回地走了一刻钟，又气恼了一回，然后重新平静了下来，把法律方面的各种可能性全部权衡了一遍，然后睡了。伊尔瑟斟酌了一番，放弃了睡前继续写几段的打算，决定明天清晨再去溪边的长椅，然后睡了。

多乐和费迪南德离开长椅时，平台已经空了、黑了。天开始下雨了，开始是和缓的夏雨，像一层轻盈的、温暖的呼吸罩着两个年轻人。一会儿雨水变得清冷，多乐哆嗦起来，他们走进了大宅。"我没有房间，"费迪南德小声说，多乐轻声回答："你到我这儿来。"在楼梯上他站住了。"我……我还从来没有……"多乐用双手捧着他的头，吻他。她轻声笑道："我已经有过。"

乌利希和他太太听见他们的女儿和费迪南德进了她的房间，听见两人做爱。"我们要不要……""不，不需要，"乌利希说，并且搂住太太，直到雨声抵达了他们的内心。这时他们也进入了缠绵之境。

卡琳躺在床上，听着丈夫的呼吸声，想着第二天早上的弥撒。安排弥撒本来是一个条件反射，在无数个施坚信礼的周末，僻静时间和节假日里，在各种主题的大会和教会代表会议期间，这已经习惯成自然了。但是她不能向这些朋友展示习来之物。每个词都得适合。她只可以说她确实知道的东西。但是她又知道什么呢？她知道，她不会像伊尔瑟那样把脚伸出去，将马可绊倒，她感到惭愧。

玛格丽特和海纳是在最幸福的感觉中入睡的。他们感到幸福，因为两个人都觉得，对方没有任何一点使自己不舒服、使自己不高兴的地方。虽然，这类情况如果发生在投入爱河的最初几天或者几个星期里，人们都会视若无睹，不去在意，但是如果根本没有发生这种情况……他们感到幸福，因为他们喜欢自己了解到的对方的一切。他们并没有去了解很多，她没有谈她翻译的作品，他也没有谈他的报道文章，他们相互间既没有介绍自己的家庭，也没有介绍自己的朋友，或者各自最喜欢的图书和电影。但是海纳帮助克里斯蒂安娜的方式，很符合玛格丽特的心意，而事后玛格丽特看着海纳的那种交织着怀疑和宽厚的目光，也很让海纳喜欢。他们幸福，因为他们是这么喜欢闻嗅对方，品尝对方，触摸对方，他们赤身裸体地躺在玛格丽特的床上，享受着他们身体的相互吸引，享受着这种与他们两颗心之间的爱相辅相成的吸引，同时，这又是一种自成一体的喜爱，自成一体的珍重。他们不仅仅是通过敞开的窗户听雨，而且也听房顶上的雨。他们在一座雨之房里入睡。

十七

　　雨水浸透了沙土地，聚成了涓涓细流和一个个水洼，它冲刷掉所有的凸起处，淹进了院子，涌进了地下室。雨水也缓解了植物的饥渴。这个夏天一直很干燥，所有的树木都枯萎了，院子大门的边上和房门前面的绣球花，花园房旁边的覆盆子和西红柿，甚至橡树的叶子都失去了清新和色泽。玛格丽特半夜醒来，听着雨声，觉得那响声比她入睡时更大了，她高兴地想到了绣球花，它们在第二天早上会开得更加鲜艳，想到了覆盆子和西红柿，它们会变得成熟饱满，也仿佛看到了橡树容光焕发的伟岸身姿。她又睡着了。等她再一次醒来时，雨水还在窗前和屋顶哗哗作响。

　　这雨同样是属于这一方乡土的。雨水从低垂的黑云里钻出来覆盖大地，雨滴像日本画里表现的那样变成无数细线落下，把土地浇湿，变得沉重，黏附在鞋子上。雨一下就停不下来，会令人产生恐惧，以为一场洪水正从天而降，只有理智能够抵挡住这种恐惧。因为这雨给人的感觉就像一场洪水，不到万物全然浸于水中，它不会终结。

玛格丽特知道，水会流进地下室，会穿过生锈的波纹铁板浸到阁楼里，而且，如果两座房子之间的细水回流，上涨，水还会淹进厨房。在这些小的灾难第一次发生之后，玛格丽特曾经在接下来的一次大雨中，试图用沙袋和塑料篷挡住雨水，但是没有起什么作用。她还是得清掉地下室的积水，把阁楼擦干。克里斯蒂安娜和她希望有一天有了钱，可以围绕着房子修建排水系统，换一个屋顶。但假如她们永远也没有这么多钱，玛格丽特也不觉得有什么问题。大水属于这个她热爱的乡村。对于玛格丽特来说，爱这个乡村就意味着准备接受伴随着它的各个方面：寒冷，炎热，伤感，干旱，大水。

玛格丽特翻了个身，和海纳背靠背，臀挨臀。她无法对自己解释，为什么这样相互依傍地躺着会如此令人心静神宁，但是事实就是这样。他们之间下面将会如何发展？他不时地到她的乡下来，她不时地进城去他那里，有时一起出去旅游？她自己也不知道想要怎样。她爱她的自由和孤独。同时，眼前这一点儿与海纳的亲近唤起了她对相互依傍之情的向往，她并不知道，这种向往依然在她内心伺伏着。但是，她不会搬到城里去住。她不会离开这块乡土。

她倾听着雨声。回忆升浮上来。她想起七岁时从家里跑出去，在田野上的小棚子里度过的那一夜。那次大雨突然袭来，而当时的她还不能断定，雨水会不会淹没和冲走一切。她想起那个夏收的经历，她不得不日复一日地用黏糊糊的双手从稀泥里刨出土豆，再把它们弄干净。还有那个周六，她最好的朋友结婚，他们不得不在乡长、新娘新郎和客人们到来之前，抬些木板架在民政局门前的那些又大又深的水坑上。当年，在雨水下得没完没了的时候，她还曾经发过忧郁症。

然后，她在脑子里清点起她们的水桶数目来。五个？六个？等雨停了，他们将要排成一条传送的链子，把地下室的水舀空。马可把水桶传给安德烈亚斯，安德烈亚斯传给伊尔瑟，伊尔瑟给约尔克——她微笑着又一次进入梦乡。

星期天

一

　　伊尔瑂睡得不沉，中间醒了好几次，天刚蒙蒙亮就再也睡不着了。她走到窗前，看见院子、橡树、仓房全都罩在雨雾中。到溪边长椅上写作是不可能了。伊尔瑂把桌上的脸盆和水罐拿开，把桌子和椅子挪到窗前。光线刚刚可以照见写字。

　　这两天，伊尔瑂坚定了要从事写作的决心，而她自己也不知道这种坚定是从哪里来的。是在她考虑这个问题的几个月里悄然生长出来的吗？是因为她在其他人身上察觉到了一种对生活的不确定感，而想用这种坚定做出一个大胆的回答？是因为约尔克？是对他的情况感到惊骇的结果？因为他以巨大的投入度过了一个虚假荒谬的生存，到最后赤手空拳一无所有？无所谓了，重要的是，她有了这种确定。

　　同时，她又不确定是否要把扬的故事继续写完。她可以通过他的故事叙说名声昭著的德国恐怖主义的史实——她本来就必须去查找这方面的资料。她也可以讲述她查找不到资料而要发挥想象的东西：关于至今尚未查清的谋杀案件和尚未抓捕到的恐怖分子的故事。不管怎么写——她想给故事以怎样的结局呢？扬将被逮捕吗？让他被击毙？在制作一枚炸弹时被炸飞？如果他被抓住，下面有什么事情发生？把他的刑期坐满？恐怖分子劫持人质逼迫政府将他释放？越狱？不行，那样就只能继续讲述老故事了。他必须坐满他的刑期。但是他在刑期里是什么样的境况呢？他感觉自己是这场他所进行的战争的俘虏吗？或者他感觉自己是一个牺牲者？他抗拒吗？他后悔吗？

我们希望我们的恐怖分子应该怎样？伊尔瑟必须做出决定，恐怖分子究竟应该如何面对他的过去。她理解那种要求，即恐怖分子应该自我启蒙，并表示忏悔。受害者的家属想要了解究竟发生了什么，社会需要恐怖分子发出信号，表示他要重新获得社会公约接纳的意愿。尽管如此，当约尔克以骄傲和不驯服的姿态递交特赦申请时，她还是受到了感动。

抑或不是这样的？也许根本不是提出特赦申请的约尔克感动了她，而是那个骄傲的、不买账的男孩子，那个经由这个提出申请的人从她的记忆中走出来的、她做姑娘时爱过的年轻人？只是对她自己的爱的回忆感动了她吗？

奇怪——自从星期五以来她一次都没想到过她对他的爱情，更不要说有一丝一毫这方面的感觉了。他对她来说变成了一个好奇心的对象，她用冷静的眼光注视着他，有时感到惊异，有时感到陌生，但总是很有兴趣。她跟自己做了个试验。她回忆起多年前的一个早上，约尔克走进大教室的时候。那天她和往常一样，坐在第五排，既离教授很近，可以注意听讲，又不算太近，不至于被叫起来。那是一堂关于美国历史的讲座课，课刚刚开始。约尔克显然不属于例行到课的听众。他进来关上门以后，站在那儿不动，环顾了一下四周，打量了教授和学生们，才终于缓步走到前面，坐到了第一排。他做这一切的镇静与伊尔瑟的拘谨相距何止十万八千里，再加上他那张快乐轻松、顽而不驯的脸，他那副瘦长的、配上牛仔裤、白T恤、外面套了件蓝衬衫的身材——她爱上了他。当他站起来，要求讨论美帝国主义和殖民主义的问题时，她觉得他很勇敢、很活跃，而往常，其他人的这类行为却总是惹她生气。讲座结束时，她和另外几个人一起跟着他，结识了他的团队和政治。伊尔瑟记得很清楚，她当时完全被自己对约尔克的感情所征服，她是那样的无助，是那样的不屈不挠地寻求接近他的机会，根本不顾及会给别人留下什么印象，而同时她又并不抱有赢得他的希望。是的，那个姑娘，那个当年的伊尔瑟，感动着她，那个男青年也感动着她，那个很快失去了他的轻松快乐，只保留了不驯服劲儿的青年。然而他之所以感动她，只是因为，她的爱是从感受到他的轻松快乐开始的。

是写作，先是在她的想象中，然后在现实里，将她变得冷漠了吗？或者是因为她变得冷漠了，才抵达这块写作的园地的？因为她不再去爱了？她丢失了爱的能力？那些猫之所以成为她的伴侣，是因为她能够在它们身上得到反射，如同她在她的回忆中得到反映一样？

伊尔瑟感到很不是滋味。她必须找出原因来，自己为什么会冷漠，什么东西应该是令她感动的，她是否丢失了爱的能力。爱不可以是她无所谓的事情。但是她却无所谓了。是的，她必须找出原因来。但不是现在。现在她急于写这个故事。她该怎样结束这个故事？

如果不是因为她的感动，那个提出特赦申请时骄傲和不驯服的约尔克给她的感动，那她内心里还有什么东西在抗拒一个在监狱里被改造了的、懊悔的、接受开启的扬呢？那是因为她认为这样一个扬不可信。她认为不可能发生这样的情况，即一个有太太孩子、有很好的职业、有社会地位的人告别中产阶级的生活，成为了一名恐怖分子，结果却在多年后经过监狱的改造，又努力去融入中产阶级价值体系下的生活。而一个人在监狱里和出狱后孤独地坚持恐怖主义事业，这对她来说同样也是不可信的。那么出狱以后还有什么可能呢？

她突然理解了约尔克的内心分裂。然而她并不想写一个分裂的扬。那么扬也就不可以被抓住，在监狱里坐满刑期，然后被释放。

伊尔瑟把目光投向窗外的雨水。一名恐怖分子，如果他的生涯没有被警察、法庭和监狱截断，那么他的生命会怎样终结呢？在退休生活中？揣着一个美国护照和一个瑞士银行账号？在乡间的一座房子里？在旅游途中，在宾馆里面？带着一个女人？孤零零一人？伊尔瑟从来没有对长途旅行和遥远的国度产生过渴望，她总是满足于在奥登林山和博登湖，或者某一个弗里西亚岛屿度假。此刻她真希望自己对这个世界多一些认识，好把扬送到一个遥远的地方去，去参加一场革命，再在一次袭击中死去。一次愚蠢的、可怕的、无谓的袭击——在这次袭击中，他的生命昭示了他的真理。

伊尔瑟听见旁边屋子的地板发出嘎吱的声音。她看了看表，六点了，而外面的天还是不亮。看这灰暗天空的架势，这雨还会下很久。有时候雨点打在房子上，然后顺着玻璃淌下。雨水钻进新窗户的框架和墙体的接壤处，积在窗台上。伊尔瑟把桌子挪到边上，脱掉睡衣，打开窗户，让雨水打在脸上、胸上和手臂上。她很想跑出房间，跑出宅子，赤裸着，跑过平台到园林里去，她很想在脚下触摸湿漉漉的草茎，让身体触摸灌木湿漉漉的枝叶，很想跳进溪流，沉潜下去。但是她做不到。于是她想象着，缓缓的溪水变成了湍急的水流，她不假思索地一头跳了进去，被水卷走，冲沉下去。她感到害怕。

她关上窗子，穿好衣服，将桌子放回先前的地方。然后她打开本子，取出笔，开始写作。

二

　　大师傅把扬让进去，但没有指给他桌子，而是让他坐在吧台边的一个位子上。"等巴奈特先生来了，我会叫你。"扬把提包交到衣帽存放处，然后坐了下来。

　　即便在吧台边的座位上，他也能从窗户看见这个城市，高楼和高楼之间的街道，河与桥，桥后面无数座小房子连成的一片延伸到很远的地毯，远处是大转轮和机场的塔楼。地平线上海在阳光下闪烁。天空湛蓝。

　　扬应当把提包放在衣帽存放处。这就是全部。这是一位黎巴嫩熟人请他帮的忙，这人也帮过他这样或者那样的忙。"早上要想进到'Windows on the World'① 的里面，必须是俱乐部的会员。这事你做比我合适。"这熟人微笑道。扬用手拎了拎提包，包很重。熟人又笑了。"不是炸弹。"——"那取

① 英文，世界之窗，原纽约世界贸易中心北楼中一家餐厅的名称。

195

件票据呢?"——"我们给你电话。"

扬喝着咖啡。他的任务完成了,可以付账离开了。他只需要走得不被注意,以免有人把包给他送过来。

窗外的景色牢牢地吸引了他:所有这些房子,所有这些人,所有的这些生活。世人的能量,他们跋涉到这儿奔波到那儿、他们工作和建造的能量。他们占据、塑造和居住在这个地球的能量。他们想要一切都美好。有时候他们把一座高楼的尖顶盖得像个庙宇,把一座桥建得像一把竖琴,把死人埋在河边的一座树木葱茏的花园里。扬感到惊讶。一切看上去都很真切。然而他与这些相距得这么遥远,以至于他感觉不到这是真切的。他想起那个巨型玩具的童话。在那本童话书的画面上,巨型女儿拎起一副爬犁,爬犁上有套着挽具的马和拉着缰绳的农民。

他又要了一杯咖啡和一瓶矿泉水。这一天他将在这个城市待着,晚上上飞机,第二天早晨抵达德国。每一次他都感觉到那个诱惑,想开车去他妻子的家,躲在一处悄悄地看一看儿子们。大学放假了,儿子们应该在家。每一次他都抵抗住了诱惑。他知道地址和电话。除此以外,他和他们就没有任何关联了,任何其他关联他都不可以让自己保留。

他听见一种噪音,接着,其他的顾客在吃早餐和谈话之间也突然注意到有什么奇怪的声音。很响，很沉闷，像是磨着、吸着什么东西的声音。仿佛有一个巨大的切割机将整个一座房子吸进它的管子里，将房子切碎。在窗户里，城市是倾斜的。桌椅在滑动，餐具落到地板上砸碎，人们叫着，把自己紧靠在墙上，紧靠在家具上，相互依靠着。扬把自己贴在吧台上。墙壁吱吱嘎嘎作响。外面的城市刚刚抹正，又往下掉，向左边，向右边，向左边。大楼来回晃动了几回，然后立住了。

一瞬间餐厅里寂静无声。扬也一动不动。当一阵电话铃声划破寂静时，他不由得屏住了呼吸，接着便和大家一道大笑起来。塔楼站立着，电话正常，城市无恙，太阳照耀着。然而，这种释然仅仅持续了一眨眼的工夫。服务员们刚要跑出来将桌椅推到位，客人们刚刚伸手去抓餐巾，准备擦拭泼洒在正装和礼服上的咖啡和橙汁，这时，他们看见窗外升起灰色的浓烟，全都呆住了。

这一次，人们笑不出来了。客人们冲向窗户，挤向房门，拥进走廊，奔往电梯。椅子翻倒，破碎的餐具在脚下嘎吱作响。大师傅一边打着电话，一边向大家保证，他正在向消防部门报警。扬在衣帽存放处找他的包——是不是有人在楼下放了一个炸弹，而这个包里还放着一个？但包里是一个无线电收发机。顾客们相互叫喊说，一架飞机撞击了大楼，扬问自己，是不是这个无线电收发机引导了这架飞机。电梯还没来，平常是不用等这么久的，有人问起了楼道，但是谁能步行一百零六层楼的楼梯呢？有人从厨房拿来了砍肉的斧头，用力插进一个电梯的两扇门之间，其他人使劲将门往两边拉或者推。他们伸头往电梯的梯井里望，看见烟火弥漫，电梯轿厢的电缆来回晃动。他们去下一个梯井，再去第三个，看见的是同样的情况。

第一批人已经开始走楼梯。和餐厅客人一道的还有一个会议的与会者和服务人员，在每一层楼的楼梯口都有新的人员加入进来。没有人挤抢，每个人都在尽力地快跑，并且帮助跑不快的人。除了楼梯上急促的步子听不见其他声音，没有人想说一句多余的话，而这种情况下没有什么话不是多余的。直到最前面的人开始咳嗽，并且停下步子，堵塞了下楼的路。扬也在他们中间，他也咳嗽起来，停下了步子。当他边上的人拿手帕捂住嘴，走进烟雾和热浪中的时候，扬也跟着走去。他们没有走远。刚走了半层楼梯，他们已经无法呼吸。"我们下了多少层?"——"六、七、八层吧，我不知道。"他们折回去，所有的人都往回走。但是此时往上走也一下子行不通了。上面人告诉他们，其他的楼道也都无法继续走了。"到房顶上去！到那儿去等直升机。"

扬停下脚步。他感觉不舒服，于是坐到一层阶梯上。脚步的啪啪声渐渐消失，大火的呼呼声却越来越响，烟雾也越升越高。扬站起来，打开了从楼道通往楼层的门，看见一间所有的门都敞开的大厅。他走过一个个门，一间间办公室，同时并不知道自己为什么要这样做，为什么要留在这里。他知道，他也必须上到房顶去，他马上就会往上冲。而他没有冲。他走进一间办公室，从隔墙板和办公桌之间走到窗前，看见另一座塔楼也在燃烧。他点点头。他没有料到阿拉伯人能这么干。

他听见轻轻的敲击声和叫声，循着叫声他来到一扇门前。他想打开门，但门卡住了，他拽门把，把门把给拽了下来，然后蹬开门。这是一个没有窗户的复印间，里面有个年轻的女人，虚着眼睛，惊慌失措。她只听见了那个噪音，感觉到了震荡，接着灯光就熄灭了，大楼摇晃，门卡死了。她完全不知道发生了什么事情。现在她觉得自己终于得到解救了。扬抓住她的手，快跑起来，拉着她一道。当他打开通往第一个楼道的门时，一股巨大的热浪和浓烟迎面而来，他不得不立即又将门关上。他于是跑向另外几个门，拉着他的手的年轻女子绝望地问他，发生了什么事，为什么失火了，您是谁，与此同时他们看到，其他的楼道也全部只有浓烟和热浪。

扬带着年轻女子走到窗前，指给她看另一个塔楼。她问："他们怎么才能把我们从这儿救走？"他不知道应该怎么回答。"他们知道我们在这儿吗？您打电话了吗？"她看见他茫然的表情。"您根本没有打电话！"她从口袋里摸出电话，拨打紧急呼救，通知楼层、办公室、楼道里的烟雾和热浪。"现在怎么办？"她问。他感觉到脚下的地面热起来了，空气变得令人窒息，一股烟味儿和化学味道。扬拿来一个金属的字纸篓，用它击打窗户，先用纸篓底层那一面，然后用它的一角，玻璃裂了，碎了。他又把窗框上剩余的玻璃敲掉。

"地面变烫了。"她抬起一只脚，然后抬起另一只，狼狈地微笑。他点点头。"我们得拖一张桌子到窗边来。"他们在做这件事时，地面已经烫得他们不断地把一只脚换到另一只脚，看上去很搞笑。

年轻女子也知道，热浪会升上来，吞噬他们现在站在上面的桌子。"那时我们怎么办？"

"我们跳出去。"

她看着他，问自己，这话当真还是开玩笑。她看出来，他说得很严肃。"但是……"

"他们在下面撑开了巨幅的弹跳布。您只需要注意，不

200

要用头落地。"

她从窗口探出头去往下看，"我什么都看不见。"

"您没办法看见。新型的弹跳布是用透明的合成材料制作的。"

她看着他，不相信他，开始哭起来。"我们肯定会死，我知道，我们肯定会死。"

"我们会飞。我们手拉手，飞向新的开始。"

但是这也无济于事。她哭，颤动着，当他想拥抱她安慰她时，她推开了他，她要回家，她要到妈妈身边去，她再一次掏出电话，听到的却只是电话语音提示，她留言说她爱她的母亲。扬注意地听着，问自己，是否要跟妻子和孩子告别，第一次也是最后一次给家里去电话。但这个短暂的时刻很快就过去了。他不想在临死之前伤感。他要帮助这个年轻女子。就像乐队在泰坦尼克号上。

地面铺层变软，桌腿下陷，不是所有的桌腿同时下陷，也不是所有的同样程度地下陷。桌子歪了，倾斜了。年轻女子失去了重心，叫喊起来，伸出双臂想要抓牢什么，却抓空了，没有抓到扬，没有抓到隔墙板，也没有抓到窗框，从窗口栽了出去，往下坠落，挥舞着膀子，蹬着双腿，呼叫着。扬费了很大的劲才保持住平衡。

他必须得跳出去了。桌子也发烫了，马上他也要发烫了，要燃烧了，房间的地面上已经有几处蹿起火苗。扬知道，他不会号叫，不会舞胳膊舞腿。但是他也不想要绷紧肌肉，咬紧牙关。他要飞翔。他不想惧怕这个快速的、突兀的、无痛的终结，而是要享受这个飞翔。他一直都是想要自由，所有的缚系他都去除了，他是在自由之光里生活的，包括自由的恐怖。如果他现在飞起来，那么他所做的一切都是正确的。

扬跳出去，并伸展开他的双臂。

三

　　早上九点，卡琳敲响了那只钟。她不期待有很多人来。她甚至希望没有人来，这样弥撒就不用举行了。她准备诵读那关于真实，即令人自由的真实的诗句，接着谈一些关于生活在真实中和关于生活的谎言的思考。然而那些梦境，让她这一夜多次醒来的梦境，弄得她心烦意乱。她梦见了她年轻时打掉的胎儿；梦见了她的丈夫，他坐在一张长椅上，朝着她微笑，晃动着头，不认识她；梦见了她从前的教区，那里全是制造出来的假人，简单易养，就像那些复制娇妻①。这些梦境像是要警告她，不要一边在谈论生活在真实中，一边说谎。但是为什么要这样警告她呢？她没有打算去要求生活在真相中，去要求审判生活的谎言啊。她从来没有对她的丈夫谈起过她曾经堕胎的事。

　　她会跟他说的，假如他问她的话。但是他从来也没有问过，

---

①　The Stepford Wives, 语出美国作家艾拉·雷文（Ira Levin, 1929—2007）同名小说，小说中的男人用机器人取代了他们的妻子。

即便是查出来他们不能生孩子，而且原因在她这儿的时候，他也没有问。有时候她想，他大概猜到了，他知道，她曾经有过疯狂的年代，知道她对当年做过的那些事感到沉重，所以他也许是出于爱不来问她。难道她应该去坦白，而让这种出自于爱的沉默变得一无所值吗？

卡琳走到大房间去，把几扇门打开，让空气流通起来，然后站到门框里，望向园林和雨雾。她呼吸着清凉和湿润，在这一刻里忘却了对于弥撒的忧虑，感觉很美好，很有力量。她享受着自己的强有力。她是一个很有自控力、很有韧性的工作者，当别人承受不了压力、躁动起来的时候，她可以带来安静和条理，轻松地进行规划和决策。她在她的职位上干得很好。她教导她的教区如何依靠较少的税收和信徒生存，当她在公众场合下谈到时代问题时，总能找到合适的语气，与那些在她这里寻求指导、希望遇见知音、身心投入的人目光相会。有时候她会怀疑自己已经不是全心全意地热爱这个事业，而只是很乐意做这份工作，因为她很称职。但因为是这样她就应该放弃这份职业吗？她也享受自己是一个美丽的女人。她苗条，大大的棕色的眼睛，脸上的皮肤很紧很光滑，配上男式短发，显得时髦而干练。即便在她双眉紧锁愤怒地看着人的时候，她也显得比实际年龄年轻。当她沉浸在自己的思考和梦想里的时候，或者全神贯注地拉着小提琴、弹着钢琴的时候，她的眼睛会放射出一种光芒，不是孩子气的，却是孩子般的，是一种来自另一个世界的光芒——她先生老是这样跟她说，所以她也很了解这一点，虽然她在镜子里并不能看到这种光芒。有时候她还会着意地这样去做。

她把五张椅子松松地围成一个圈。如果来的人更少，看上去不会那么空荡荡的，如果有更多的人来，可以把这个圈子扩大。她听见楼梯上有脚步声。她先生给了她一个吻，不置一词地坐下来，闭上了眼睛。安德烈亚斯在旁边不无揶揄地望着，也一言不发，待他坐下后也将眼睛闭上。约尔克没有坐到圈子里，而是坐到了墙边，将手臂撑在膝盖上，看着地面。他儿子和多乐也避开了圈子里的空椅子，挪了两张椅子到第二排，充满期待地望着卡琳。乌利希和他的夫人坐到了圈子里的空椅子上。"有唱诗本吗？"乌利希问，看到卡琳摇头便又问："你领着我们，我们跟着你唱？"马可靠在约尔克旁边的墙上，把手抱在胸前。伊尔瑟和克里斯蒂安娜搬了两张椅子到第二排。玛格丽特和海纳到得最晚，坐得稍稍靠边一点。每来一个人就令卡琳的心思加重一层。

卡琳唱了三段《金色太阳之歌》，她先生和伊尔瑟记得歌词，跟着一起唱，另外有几个人哼着乐曲。然后她诵读了一小段《圣经》。"这是弗赖堡大学的校训，"乌利希告诉大家。"这是美国中央情报局的诚条，"马可用讽刺的口吻补充道。"这是每一个生命的指导，"卡琳说，并围绕着"看见"与"理解"宣讲起来。我们是谁——如果我们看见和理解这一点，我们就会有机会超越它。如果我们看不见理解不了它，我们就会局限在其中。因此我们不能把真实强加于人。我们所有的人都有我们的生活谎言，在真相太令人痛苦和我们不能驾驭它们的时候，我们需要在他人身上看到和尊重痛的真实，他们的生活谎言宣示了这些痛。其实，生活谎言不仅仅昭示痛，它们也制造痛。就像它们阻挡我们看见我们自己，它们也可以阻挡我们看见他人，阻挡我们让他人看见。有时候没有对于真相，对于自己的以及他人的真相的竭力拷问，是不行的。

"那么就是说还是要强加于人，"安德烈亚斯发出异议。

"我说的是平等的拷问，而不是权力和强迫。"

安德烈亚斯不让步。"家长与孩子之间，男人与经济上有依附关系的女人之间，女人与沉溺于爱的男人之间呢？是平等的还是权力和强迫？"

卡琳摇了摇头。"你要么得到这一个，要么得到另一个。如果你不平等待人，你有可能得到权力，但是肯定得不到真相。"

"如果真是这样，人们就不可能把真相强加给另一个人。如果我们根本不可能这样，那你为什么还说我们不可以这样？"

卡琳解释说，她是想说，不仅不可能将真相强加给别人，甚至不应该做这样的尝试。

"但是为什么说不可能呢？历史上不断地有过很成功的强迫——强迫出假的真相，也强迫出真的。"

卡琳陷入了困局。难道只有在把这个真理解为上帝言辞的真理性的时候，这段《圣经》才能解释明白吗？但是她不想对朋友们那样讲话。她还会那样做讲演吗？她一直很喜欢这段诗文，认为它作为世俗的、分析的、心理治疗的智慧很完美。现在，她觉得应该结束了，她想在最后说，上帝不赐福于强迫出来的真相。然而安德烈亚斯提起德国一九四五年的战败，以此作为强迫走入真相的成功案例。她不反对，微笑着说："我不知道该怎么说下去了。我喜欢这段经文，它给了我勇气。但也许我并不懂得它。也许它也不是无懈可击的。有些人把它的道理反过来，不是真实带来自由，而是自由带来真实。于是世人怎样任意自由地生活，随之就有多少真实——这种看法令我惊骇，我想，应该是一个真实。但是我的愿望又算得了什么！好了。今天我们做了一个怎样的弥撒！我感谢你们的到来和倾听，再一次祈祷吾父。"

接着克里斯蒂安娜安排大家准备早餐：买小面包，磨煮咖啡，把火腿肉搁上餐盘，把奶酪摆到平碟上，煮鸡蛋，铺餐桌。乌利希开车去面包房，把约尔克也带上了。多乐和费迪南德一起负责咖啡。卡琳、她先生和伊尔琛一边铺餐桌摆餐具一边唱着教堂歌曲。安德烈亚斯煮鸡蛋，并且仔细地把它们放到一个毛巾垫子上。玛格丽特和海纳查看阁楼和地下室。所有的人都为有事可做，不必理论和饶舌而高兴。

四

然而他们怎么能避得开理论和饶舌？只有那些心满意足的幸福人儿，那些心灰意懒的绝望者才得以逃脱这些。当朋友们刚刚在早餐桌边落座，约尔克便从椅子上站起来，开始了演说。

"我知道，我们迷失了，犯了错误。我们进行了一场战斗，却没有能够取得成功，所以说，我们不应该进行这场战斗。我们应该进行另外一场战斗，而不是这一场。但战斗是必须的。我们的父辈都适应了顺从，躲避了反抗——我们不能重蹈覆辙。面对着孩子们在越南被燃烧弹焚烧，在非洲被饿死，在德国的教养所里被摧残，我们不可以无动于衷，袖手旁观。我们不能看着本诺被枪杀，鲁迪遭遇暗算，一位与他相像的记者几乎被凌迟而束手待毙。国家滥施权力，压制不同政见者、不顺从者、不适用者，暴露出日益无耻的狰狞面目，对此，我们不能视若无睹。我们不能看着我们的同志在尚未被宣判，甚至尚未走上法庭时，就被隔绝，被殴打，被噤声。我知道，我们错误地使用了暴力。然而反抗一个暴力的制度没有暴力是行不通的。"

约尔克逐渐进入了状态。他非常细心地构思了他的讲话，使他一开始听上去像是在讲课，但是逐渐地，他越来越显示出自信和激情。大多数人不无尴尬地被吸引。约尔克就像人们三十年前那样演讲着，而今天这些已经过时，于是让人感到难堪。他的儿子尽力表现出兴味索然和不以为然的样子，也不去看约尔克，而是看着墙壁或者望向窗外，虽然这讲话首先是为他准备的。马可则是睁大了眼睛聚精会神地倾听，这才是他所期待的约尔克。

"我因为袭击了美军营房而受到斥责，当然也受到批判和惩罚，但斥责是来自你们这样的人。我们无法把炸弹放到美国人犯罪的地方，而只能放在他们准备犯罪和犯罪间隙休整的地方。如果人们无法在奥斯威辛对纳粹冲锋队实施袭击，那本来是可以在柏林干的，那里是他们筹划灭犹行动的地方，或者在阿尔高，那里是他们灭犹行动中休息的地方。而至于那些总裁们——我们的检察官们竭力要把我们描绘成战犯，要人们把我们当作战犯来对待，他们没有成功，但是他们了解他们在跟我们进行战争，视自己为战士，也视我们为战士。"

卡琳感觉约尔克讲话的方向很危险。"让我们……"

"我只还有一点要说。我知道，我迷失了，犯了错误。我不期待你们认可我所做的事，或者期待你们仅仅表示说，国家和社会应该更加公正地对待我们。我只是想要那个尊重，这个人应该得到的尊重，这个人把一切都给予了一个伟大的美好的事业，都为偿还他的迷途和错误交付出去了。这个人没有出卖自己，没有乞求任何东西，没有接受任何馈赠。我从来没有跟另一方进行过不光彩的交易，服刑期间从来没有申请过优待，从来没有乞求过恩典。我只是像人们递交那些申请一样简单地递交了我的申请。我们昨天谈到过——我记不得所有的事情了，有些东西忘记了，但是我为所有的东西做了偿付。"约尔克看了看大家。"这就是我想对你们说的。感谢你们听了我的这些话。"

"如果你是这样看待这一切的——那么你到底是在哪里迷失了，像你所说的，犯了错误?"他儿子冷冷地、平静地问道。

"牺牲者。一场没有获得成功的战斗，没有权利为它带来的牺牲辩解。"

"但是，假如你们用你们的行动引发了德国或者欧洲的革命，或者世界革命，这些牺牲就合理了吗?"

"当然，如果我们通过革命创造了一个更好的、更公正的世界，这些牺牲就可以说有其正当的理由。"

"无辜者的牺牲?"

"我们生活于其中的这个糟糕的、不公正的世界同样牺牲无辜者。"

儿子看着父亲，不再说话。他看着他，仿佛面前站着一个魔鬼，他们之间不可能有共同之处。

"你不至于会认为，无辜者的牺牲永远都没有理由吧！要是人们也能在没有牺牲的条件下杀了希特勒，无辜者……"

"那是一个例外。而你们把例外变成了规则。"费迪南德转向坐在他身旁的埃伯哈德。"您能给我一个小面包吗？"他把面包切成两半，剥开一只鸡蛋。

约尔克摇摇头，也不说话了。埃伯哈德继续传递面包，克里斯蒂安娜把装有火腿肉的盘子递给大家传，玛格丽特端起奶酪递过去。多乐站起来拿起一壶咖啡，一个一个位子走过去，给大家斟上，费迪南德跟着她，拿起了另一壶咖啡，也斟起来。谈话又开始了，关于雨，关于启程和返途，关于带来自由的真实和带来真实的自由，关于时代的转变。埃伯哈德从时代的变化开始谈。虽然他不说，但是大家都知道，他是在讲约尔克不合时宜的演说。"随着时代的变化，话题、问题、论点都会在某一天就一下子自我了结，并没有经过什么批驳辩论；这时，继续主张它们的人便孤立自己，激情澎湃地宣讲它们的人，便显得可笑。我当年开始读大学的时候，人们只讲存在主义，到我大学快结束的时候，所有人都为分析哲学痴迷，而二十年前，康德和黑格尔又回来了。这并不是因为存在主义的那些问题，或者是分析哲学的那些问题，都已然获得了解决，大家只不过是对它们感到厌倦了，仅此而已。"

马可听得很认真。"正因为问题没有解决，它们才又回来了。'红军旅'也在卷土重来。跟当年不一样。但是他们正卷土重来，而且因为资本主义全球化了，'红军旅'也将对它展开全球化的战斗——比当年更加坚定不移。如今人们不爱谈论压迫、异化、侵权了，这些不再时髦了，但并不代表这些问题就消失了。在亚洲，年轻人很清楚，他们必须为什么而战斗，在欧洲，法国郊外的青少年们也是知道的，而在德国东部平原地区，人们虽然还不知道，但是他们感觉到了。事情在酝酿着。如果我们大家联合起来……"

"我们的恐怖分子视自己为我们这个社会的一部分。这个社会同时也是他们的社会，当年就是这样；他们想要改变这个社会，以为只有靠暴力才有可能。那些人并不是要改变我们的社会，而是要摧毁它。您那个恐怖分子大联合战线可以丢到一边去了。"安德烈亚斯嘲讽地问道，"还是您的新'红军旅'要在我们这儿炸出一个真主之国来？"

海纳的思绪游离到他的母亲那里。有时候，她会用她的要求，她的指责，她的抱怨和牢骚，她的针对性很强的伤人言词置他于恐怖之中。她已经不屑于某些游戏方式，比如一个人对另一个人施以友善，以图对方也对自己友善。这对她来说已经不再合算。因为她如果明天就可能死去，今天为什么还要表现友善，以赢得别人明天的友善呢？这情形是不是与真正的恐怖分子很类似呢？他们不愿意按照游戏规则出牌，因为他们遵守规则是徒劳的，从中什么都得不到？因为他们没有成功的机会，假如他们贫穷？而假如他们富裕，却摈弃这个游戏，因为这个游戏给予他们的经验都是骗人的、堕落的、空洞的？是这样的吗？他去问玛格丽特。

"女人们是有这样的感受。她们按照游戏规则出牌，但是起不到什么作用，因为这场游戏是男人的游戏，而她们是女人。于是其中有些人就会说，既然如此，那么她们也没有遵守这些规则的义务了。另外一些人则希望，如果她们特别忠实地尊重了这些游戏规则，有一天终究会得到和男人同等权利的游戏方式。"

"你怎么想呢？"

"我？我给自己找了一个自娱自乐的角落。但是我理解那些女同胞，那些认为自己对这些游戏规则不负有义务的女人。我理解恐怖分子中间为什么会有那么多的女性。"

"你会……"

"你是说，如果我没有自己的角落会怎么样吗？"她笑起来，抓着他的手。"我会去另外找一个角落！"

她握了一下他的手，向他投去一个眼光，让他去注意约尔克。

他就坐在他们的对面。在进行了一场小小的演讲之后他再没有说话，也什么都没吃，什么都没喝，只是在那里发呆。他看上去就像是一个人，他做了该做的事，他相信这事会有影响，即使这个影响还需要等待，他已经认同了自己，虽然做到这一点非常不容易。他并不显得开心，不过是满意的。这情形与这一圈人很不协调，就像他的演讲与这个时代不协调一样，玛格丽特心里第一次涌上了怜悯之情。约尔克被羁困在他自己的感觉世界和想象世界当中。他背负着他的牢笼，而且很可能远在他被关进囚牢之前就背上了，玛格丽特想象不出，他如何才能从这个牢笼里迈出来。她切开一个小面包，一半铺上火腿肉，另一半铺上奶酪，放到他的盘子上。"吃点东西，约尔克！"

他的目光回到桌上，与她的目光对接。"谢谢，"他微笑着说。

"你的咖啡冷了。我给你去拿新煮的。"

"噢，不必了。冷咖啡会使人变漂亮，你不知道吗？在监狱里咖啡经常是冷的。"

"你已经不在监狱里了。而且你够帅了。"

他又微笑了，完全放松地，感激地，信任地，仿佛她在温柔地宠惯他。"是的，那么多谢了。"

玛格丽特站起来，取走他的杯子，在厨房里把冷咖啡倒进排水槽，等着水烫了，通过过滤层往下滴。她听见餐桌上传过来的说话声和笑声。有时候会有单个的高声的词语钻进她的耳朵里：小花园，革命的跟头，李子糕饼，给媒体的声明，她问自己，这谈话正讲些什么呢。她为客人们启程后将要恢复安静感到高兴。海纳会跟第一批客人离开还是随最后一批人走，还是会一直留到晚上？他们什么都没有约定，既没有说在郊外这儿再见，也没有说在柏林再次相会。他们相拥着，背靠背地躺着，听着对方的呼吸声度过了一夜。他们相互倾听，却几乎什么都没有询问。他们之间发生了如此少、但同时又如此多的事儿，所以玛格丽特什么都可以想象。她十分平静。

五

当玛格丽特把咖啡放到约尔克的面前时，他脑子里正在想着其他什么事儿。"过于荣幸了，"他对乌利希说，表示拒绝。

但是乌利希坚持认为，他们应该去把克里斯蒂安娜用电池的收音机取来，五分钟后收听联邦总统的讲话节目。"你们不记得了吗，我们每一个岁末之夜不都是要看 Dinner for One① 吗？接着就是总统的贺词了。每一次都太有劲儿了。"

安德烈亚斯也表示附和。"有人会跟你提到这个讲话的。所以你了解一下比较好。"

于是收音机取来了，打开了。节目主持人解释道，当联邦总统应允今年要在柏林大教堂发表演讲时，并没有确定主题。他只是说他将针对人们在演讲那段时间所关心的问题发表讲话。现在，

---

① 英文，《一个人的晚餐》，英国人劳里·怀利（Lauri Wylie, 1880—1951）写的一出喜剧短剧，后由德国电视台于 1963 年摄录，每个新年前夜播放，成为德国人熟悉的新年电视节目。

由于《南德意志报》今天早晨的一则报道，全国都知道总统于星期五特赦了一名恐怖分子，而这名恐怖分子以一个战争宣言予以回应。众所周知，总统在近几个月里，着力思考和研究了特赦恐怖分子这个问题——所以，如果这个问题成为今天总统讲话的话题，将不会令人惊讶。无论如何，让演讲的主题保持悬念，是联邦总统或者是他的公共效应顾问的一个绝妙创意。人们的期待强烈，大教堂挤爆了。

约尔克不知所措地看着马可。"你把那个声明发出去了？你昨天给我看的、我说还要考虑的那个声明？"

"对，我找人对它进行了法律方面的考量，它不会对你造成伤害。而它是否合乎你的感受，或者是否满足你美学方面的要求，或者是否中你姐姐的心意——革命无法顾及这些了。所以，承担这份声明吧。你所有其他的选择都只能令你自己可笑丢脸。"马可，半严肃半开玩笑地举起了握紧的拳头。"声明里其实并没有什么与你今天早晨在这里所说的不一致的东西。"

约尔克疲倦地点了点头。也许，他对自己说，马可有道理，这个声明是对的，作为他早晨的言论的内在逻辑，是必要的。然而，正确和必要的东西也可以碾压一个人。他出狱以来发生的所有事情都在碾压他。

主持人播放了柏林大教堂里合唱的结尾部分，接着是主教对联邦总统的欢迎词。然后总统开始讲话。

他谈到七十年代到九十年代的德国恐怖主义，谈到施害者和受害者，谈到了追求自由的法制国家经历的挑战和考验，谈到了尊重和维护人的尊严的义务。他说，这种义务令国家对那些侵犯它和侵犯公民们的人采取强硬措施。同时，这种义务也使国家足够强大，能够在保卫其秩序时掌握尺度，当危险不再存在的时候结束战斗。最终目标永远是和平与和解。总统说，最后还有三名恐怖分子关在监狱里。他将这三个人全部特赦了。借此，他想要发出一个信号，告诉人们，德国的恐怖主义及伴随其生长的、存在于社会之中的紧张状态和裂痕，都已经过去了。我们目前面临着新的威胁，同样也是恐怖主义的，我们要以和平的、和解的方式去应对。

"我研究了他们每一个人，而且——媒体已经报道了这件事——我也约见了他们。三个人全都对过去做了了结。然而向一个过去告别，在此生仅仅是由这个过去和监禁组成的情况下，并不是一件容易的事，对这三位来说也同样不容易。昨天，他们中间有一位发表了一个声明，我们今天读到了。在这个声明中，我看到他向过去告别的努力，而同时他仍然想让它，让这个过去，在自己的生平里保存下来。我对这个声明感到遗憾。但是我理解，一个人在已经没有很多时间赋予其生命以新的意义的时候，会做这种绝望的、矛盾的尝试，正像他此前就曾经在请求特赦和拒不俯就之间来回挣扎一样。"

联邦总统略微停顿了一下。人们听见听众席上的窃窃私语声，来回的滑动声，站起来离去的声音。总统继续讲下去。他转向受害者的家属，高度评价了他们的愿望，即施害者必须真正觉悟并表示忏悔或者愧疚，并因为他们的缘故再次对约尔克的声明表示遗憾。他感谢教区让他能够在大教堂里说他想要说的话——在这里说这些非常合适。

接下来主持人播报说，听众们刚刚聆听了总统的讲话。总统做了今年柏林大教堂的演讲，宣布了对最后在押的几名恐怖分子的特赦。他预告将播出一个关于总统演讲的谈话节目，通知了节目的时间和参加者：一位受害者的女儿，一名早年投案自首、很早就出狱的恐怖分子，一位把德国恐怖主义作为其终身研究课题的记者，联邦司法部女部长和女主持人。最后，播音主持人将节目移交给他在温布尔登的同事。

六

乌利希关掉了收音机。没有人说话。约尔克在总统讲话期间把椅子向后移了一点，先是把一条腿架到另一条腿上，然后又将它们并列放，手肘撑在膝盖上，双手托着头。现在他不由自主地动起来，把椅子挪到桌前，想为自己倒杯咖啡，却没有办到。他的手在抖。克里斯蒂安娜站起来，帮他斟上，另一只手放在他的肩膀上。"我请求他来着，请他不要说这些，我以为……"约尔克轻轻地说，仿佛眼泪就要流出来了。

安德烈亚斯说："你的声明逼得他无路可走。他特赦了一名恐怖分子，而这个人出来后做的第一件事就是向这个国家宣战。你让总统怎么解释，如果他不这么做？你怎么看，他说的那些对不对？"

"当然不对，"马可插进来，"总统只是想贬低约尔克的声明。因为他们害怕约尔克，所以他们把他描述成一个无助的、矛盾的、可笑的角色。但是我们的同志们都懂得其中的含义，实际上不可能更好……"

"收起你的那一套废话吧。总统说得对不对，约尔克?"

"我……"

"少来你的混蛋审讯。你不是他的朋友，我从一开始就没有猜错，你不过是他的律师，而且……"

"别管了，克里斯蒂安娜。是的，我是没有多少时间了。我得了癌症，发现得太迟了，手术不成功，放疗没做好，或者说已经太晚了，什么都没用了，现在已经扩散了。"

"我怎么什么都不知道?"

约尔克发出一种轻蔑的笑。"前列腺癌。我无法再勃起，小便失禁——这种事我该去跟一位女士说吗? 是的，你是我的姐姐，但是……"他做出一副难堪的表情，摇了摇头。"全明白了吗，多乐? 你挑了个最不该挑的人。我本来不想对你说这个的——现在大家都知道了。你们还想知道什么? 我是否像他所说的那样，曾经'在请求特赦和拒不俯就之间来回挣扎'? 是的，我是这样的。我还想再生活一次，在癌症吞噬我之前，即便我的生活里不会再有什么发生了。我想闻一闻树林；想在城里，当天气炎热了多日之后下雨时，闻一闻潮湿的尘埃；想开车走一走狭窄的法式公路，打开车子的顶篷和所有的窗户；想看电影，和朋友们一起吃意大利面，喝红酒。"他对大家微笑，心灰意冷地微笑。"我没有想得那么复杂。是马可引诱了我，让我想到我还可以再次扮演一个角色，这样我所做的一切，无论是在外面做的还是蹲在牢里的经历，就不至于全然葬送。我没有任何责怪你的意思，马可，你没有把这种想法塞进我的脑袋，是我自己这样想的。在申请特赦时我还保持了姿态。而在与联邦总统谈话时……我当时刚刚拿到癌细胞扩散的诊断，当他对我说，这是我们俩之间的谈话，不会传出去时，我忍不住脱口而出说，二十五年前的一场枪战中，子弹就该逮着我的。"

克里斯蒂安娜一直还站在他的身后，手还放在他的肩上。"正是为了防止这样的事情发生，我出卖了你。我再也无法忍受整天为你担惊受怕。我想，我把你带大，不是为了让你被警察击毙的。你将来有一天会为自己还能活着感到高兴的。而你今天如果并没有这种感觉，我很难过。我为这一切感到难过，为我当年出卖了你，为我今天仍然会这么做，为你身患癌症不再有生的欲望，为这个周末过得如此艰难而难过。"她哭了。

卡琳想站起来，但是她先生将她按住。房间里很静，外面雨声哗哗作响。约尔克抬起头，他姐姐的眼泪从脸上滚下来，从下巴滴落到地上。她的双肩抽动——一切都无济于事，一切都毫无出路。他把头靠在她的手上。

他再次抬起头来，问乌利希："你提供的机会没有收回吧？

我可以去你的某一个牙科工场，在那里开始工作吗？"

"假如你愿意的话，当然。"

"你的工场都在哪里？"

"汉堡，柏林，科隆，卡尔斯鲁厄，海德堡——你还记得那个酒馆吗？我们当学生的时候在那儿玩过牌的，那时你还没有放弃这些世俗的玩意儿。那儿如今也是我的一个工场了。"

"你们看，我从前也玩过牌的，这事儿我也忘了。那里是一切开始的地方，回到那里去，很合我意。我不能活在你的羽翼下，克里斯蒂安娜。我妨碍你，你也妨碍我。相互看望和一起度假，这是另外一回事。但是，待在一套房子里，早上在厨房的餐桌旁一道吃早餐，晚上又一起坐在电视机前的沙发上，浴室里挂着我的尿布——这不行。"

克里斯蒂安娜点头。她提着的心放下了，这实在太让她满意了，哪里还能够提出异议。她吸着鼻子，擦着眼泪，一边收拾起碗碟和刀叉来。

"你坐下来，"玛格丽特把手放到她的胳膊上，克里斯蒂安娜坐下了。"地下室水漫金山，得把那里的水吸出来，如果你们能帮助我，我会很高兴。消防人员要去帮助学校、医院和机关，忙不过来，是指望不上的，我们已经经历过了。我看，一小时后雨就会停——我们那时集合好吗？"

天空还是跟早晨和昨晚一样灰暗，雨还是下得那么均匀。乌利希是个什么都想知道的人，现在他也想知道玛格丽特这话的根据。"我们当然要帮忙，但是你凭什么说这雨就要停了呢?"

　　"你们听见有鸟的动静吗? 每当雨快要停了，它们就开始唱了。我不知道为什么，但就是这样。"

　　他们向着外面竖起了耳朵，在密集的雨声中，他们听见了鸟的歌唱，鸣叫，叽叽喳喳声。

七

洗完刀叉碗碟，收拾停当之后，约尔克四处寻找他的儿子。在房子里找不到，他便问玛格丽特，园子里有没有一个可以遮雨的地方，她指给了他那条通往玻璃房的路。她告诉他，那房子坏了，该拆了，但是还留着一整块玻璃屋顶，屋顶下面有一个反扣着的浴缸，雨天里，她有时会坐在上面。

玛格丽特的经验很灵，雨渐渐小了。可是她的话音刚落，约尔克已经记不得她给他指的那条路该怎么走了。他干脆径直找过去，等他终于找到玻璃房和他儿子时，浑身已经湿透了。他一声不吭地坐到儿子的身边，首先为儿子没有站起来走开感到高兴。他冷，很想用双臂在胸前和身体两边敲打敲打，暖和暖和，但是他不敢，怕引起儿子厌烦，把儿子赶跑了。于是他静静地坐着，看着雨减弱，再减弱。然后他说："我真的给你写过很多信。"

费迪南德过了一会儿才说话。"我可以问问外公外婆关于信的事。"他说话的口气让人觉得他对这事完全无所谓。

约尔克又需要很多时间，才能说出下一个句子。"我知道，我给你和你的母亲造成了伤害。"他等着对方的反应。因为没有反应，于是他继续说下去。"请求宽恕——这是一个这么小的请求，只有几句话，而所发生的事情，却是那么沉重。我没有办法把它们联到一起。所以我没有勇气。"

费迪南德瞥了他父亲一眼。他迅即审视他，也迅即判决他。"你昨天晚上和今天早上说的那些东西，你又都已经忘了吗？你既然不为其他的受害者感到遗憾，那你也没有理由对母亲抱有更多的愧疚。更不要说我了，不管怎么样我毕竟还活着。"

这话那么拒人于千里之外，约尔克又害怕了，怕他儿子马上就要站起来走掉。他考虑该如何小心地继续谈下去。

但他儿子比他快。"不要以为，你得了癌症，戴着尿布，我就会怜悯你。我完全无所谓。"

他们会再见面吗？约尔克想问儿子。但是他不敢。"我可以给你写信吗？能给我你的地址吗？克里斯蒂安娜只有你外公外婆的地址。"

费迪南德用完全排斥的态度反问："你想从我这儿得到什么？"

约尔克感觉到，接下来的一切都将取决于对这个问题的回答。他该怎么说？此前，他曾经提到了生活中的一些事物，那一刻，他为什么没有提到他的儿子呢？他没有想到他。在监狱里他已经养成了习惯，不再想他了。他说："我想重新去想念你。"

"如果你在监狱里都没找到时间做这件事，那你自由以后就更不会找到时间了。"费迪南德站起来，走了。

"我……"约尔克没有追着儿子后面喊，说这不是时间的问题。费迪南德不可能真的这样认为。约尔克望着他的背影，从儿子的动作里，他看到那种固执的阻挡的东西，类似的东西他在自己身上也觉察到，在自己行动和意识到被观察或者自我观察的时候觉察到。包括他儿子的抗拒、尖刻、粗暴，在这些东西里都不难见到自己的影子。想到这些，他的心柔软下来，同时也沉重起来。是的，这个年轻人是他的儿子。是的，他同样也面临危险，就像他当年曾经面临危险一样。甚至，连成长的过程中缺少了母亲这个问题，他都传给了他。

雨停了。约尔克看了看表，离去地下室干活的时间还有一会儿，他还能收拾一下自己的东西。随便哪一位会带他去柏林，在那里他会坐上火车，明天先去找一个房间，星期二就开始在工场干活。没准儿他还能喜欢上这个工作，但无论如何，只要他工作做得好，别人不来打扰他、能够认可他，这样的人他都会喜欢上的。在回房子的路上，他遇上了玛格丽特和海纳。"看见了吧，"她一边说，一边朝天上望去，并张开双臂。"看见了，"他笑道，

"我看见了。"

"他真的笑了，"玛格丽特一边继续往前走一边对海纳说。

"我想，做了恐怖分子并且杀人的人，肯定是那种相当硬心肠类型的人。"

"你是一个硬心肠类型的人吗？"

"一个人做了记者，报道人们怎样杀害他人，得是……我不知道，玛格丽特。我也不知道，我该不该继续做记者。我不知道，我该怎样处理和我母亲的关系。我不知道，我该怎么与女人们相处。今天早上我很多东西都不知道。"

"椅子是潮的——我该想到的，该带块抹布来。"

海纳坐下。"来，坐到我腿上！"

玛格丽特脸红了。"你疯了。"

"没有，"他说，开心地望着她笑，"我没疯。我就要你坐在我腿上。"

"但是椅子……"

他双手拍打着自己的腿，让她坐。她小心地坐下去。"你看，"他说，用手抱住她。他又一次感觉到抱着她就像抱着一棵树，或者一块岩石，好像自己终于不会被任何东西刮走了。她的重量将他定牢，令他生根。当玛格丽特不再那么小心翼翼的时候，她也就不再那么僵硬，而是变得柔软。她依偎到他身上，将脸靠到他脖子的凹处，问道："你还能坚持吗？我太重了吧？"他摇摇头。

她在他的怀中睡着了，又在他的怀中醒来。"我们得走了吧？"

"你只睡了几分钟，我们还有一点时间。你能不能……你觉得，你能……"现在轮到海纳脸红了。

"什么？"

"你能也让我在你怀里待一会儿吗？"

她笑了，站起来。"来吧！"她坐下，把他拉到怀里。他不能像他想要的那样依偎她。他对她来说是不是太高了？他是不是太重了？她会不会看不起他这种想要被人抱在怀里的孩子气的需求？他叹了一口气。

她对着他的耳朵悄声说："一切都很好。"

他听其自然了，个子是高，但还不是太高，身体够重，但还不算太重吧。而在玛格丽特看来，海纳想被人抱在怀里的需求，是这个世界上再自然不过的需求了。真的是一切都很好。

"我们还有多少时间？"

"没有了。我们会再见吗？"

"会。"

"好的。"海纳跳起来，把手伸给玛格丽特，拉她站起来。

八

大家都来了。两对夫妇往汽车里装行李时，在车旁相遇，现在一起来了。他们在议论，是不是什么时候再聚一次，在萨尔茨堡还是在拜罗伊特？安德烈亚斯和马可站在那里争吵，直到约尔克过来说话才停下。约尔克说他不会为马可擅自把声明交给媒体这件事进行起诉。事情已经发生，已经过去了。伊尔瑟问克里斯蒂安娜，她下面的长假里是否可以到这里租房写作。多乐站在费迪南德旁边，向他耳语什么，抚摸着他的手臂、他的后背，轻抹他的面颊，他喜欢这样，但同时又觉得尴尬，因为他要在父亲面前表现得冷漠无情。所有人都已经收拾停当，随时可以出发了。

玛格丽特一个一个地看过来，然后说："水已经淹到了小腿肚子。无论如何，你们得脱了鞋袜，把裤腿卷到膝盖上面。水很脏，而且还会到处乱溅——你们有没有差一点儿的衣服？多乐，你的 T 恤衫等会儿就不是粉红色了啊。"

但是大家觉得光着脚和高卷起裤腿就可以了。他们把袜子塞进鞋里，把鞋子挨个排放——好像戏院前排列着的出租车。玛格丽特安排朋友们站成一长列，从地下室到楼梯上再到园子里，然后回头排到地下室的窗口。"每过十分钟我们就往前挪一步，省得太无聊了。我只有七个水桶，所以我们总会有点时间喘口气的。"

马可舀了第一桶水，交给了楼梯口的安德烈亚斯。水桶经过伊尔瑟、约尔克和英格博格传上了楼梯，费迪南德接过来递给玛格丽特，从她那儿继续传到乌利希，从乌利希传到卡琳，卡琳把水倒到玛格丽特花园房旁边的草地上，然后把空桶交给海纳，海纳再扔给多乐，克里斯蒂安娜从多乐手上接过水桶后，从地下室的窗户放下去，让它落到埃伯哈德的手上，由埃伯哈德递给马可。

马可递给安德烈亚斯水桶时，甩动得厉害，总有点水泼出来，溅到安德烈亚斯的身上。约尔克很善意地将身体尽量向伊尔瑟躬下去，又极力地朝英格博格伸上去，因为过于费力，他一会儿就浑身是汗。费迪南德、玛格丽特和乌利希站在从云缝里钻出来的太阳下面，心情愉快，与海纳、多乐和克里斯蒂安娜开着玩笑，称自己是提满桶真干活的，而对方是拎空桶吊膀子的，自己是劳动英雄，对方是不出力捞好处，自己是提水的，对方是扔水的，不对，是扔桶的。卡琳倒水的姿势很夸张，像是赐福的样子。大家第一次向前挪动时，安德烈亚斯和马可撞到了一起，导致马可掉进水里。等到挪动了十二次以后，马可站到了地下室窗下，安德烈亚斯则轮到舀水，马可想给安德烈亚斯来一次同样的回报。但是后者早有防备。这时候水已经下去了，水桶已经舀不满了，玛格丽特于是缩短了队列，让克里斯蒂安娜和埃伯哈德取了扫帚到下面去，把水从地下室的后面扫到门前来。

　　大伙儿全都忙活着手中的水桶或扫帚，忙活着他们湿漉漉的双脚和潮乎乎的衣物，忙着他们旁边和对面的人，忙着他们自己。只有伊尔瑟观察着别人，所有的人：马可和安德烈亚斯处在对峙之中；多乐和费迪南德还在犹疑不定，是否应该爱上对方；玛格丽特和海纳相互的态度则已明朗；两对夫妇拥有相互归属的自然而然的安全感；克里斯蒂安娜感到轻松，因为炸弹被卸除了引信，或者说它爆炸了但未造成大的伤害；约尔克感到开心，因为他只需要对付水桶和积水，而不必要面对别的东西。伊尔瑟看着他们一个个，为这整幅画面，这合作的一幕，为这身体和双手的相互配合，为个人的好恶在共同的任务中融洽而兴奋不已。她是不是也该让扬经历一下这种情形？他和他的同志们在一起计划和执行恐怖袭击等行动会有类似的质量吗？还是在恐怖袭击中，重要的是自主的、相互独立的行动之间的衔接？

　　朋友们在这种轻松中间结合成一个整体，他们也将在这种轻松中再次解体分离。从这个整体中，将不会有任何东西留下。伊尔瑟伤感地想。但是她马上又笑了。不，留下了这个地下室！地下室干了。

　　大伙儿最后一次来到平台上，围着桌子坐下。筋疲力尽，然而快乐。他们只剩下半心半意在这儿了，另一半已经上路甚至回到家了。乌利希想到，他可以拿张纸来给大家传一下，每个人写上电话和e-mail邮箱，再由他发给大家。但是他没有去做。卡琳没有为大家的旅途赐福，克里斯蒂安娜没有致主人的告别辞，约尔克也没有向大家致谢，感谢大家来欢迎他获得自由。他们喝着水，话不多。他们往园林望去。一阵强风吹走了云层，天空变得湛蓝，树木、灌木丛和房子都焕发出一片雨后的清新和光亮。然后，大家同时启程。卡琳和埃伯哈德带上伊尔瑟和约尔克一起去柏林。费迪南德宁愿让马可带他。不过，他给了克里斯蒂安娜一个纸条，上面写着他的地址和电话；她如果愿意，他说，也可以把它交给他的父亲。克里斯蒂安娜和玛格丽特站在大门前，挥着手，直到汽车在她们眼前全部消失。

Das Wochenende by Bernhard Schlink
Copyright © 2008 by Diogenes Verlag AG Zürich
All rights reserved

图字：09 - 2009 - 429 号

图书在版编目（CIP）数据

周末／（德）伯恩哈德·施林克著；印芝虹译.—
上海：上海译文出版社，2023.5
ISBN 978 - 7 - 5327 - 9187 - 3

Ⅰ.①周… Ⅱ.①伯… ②印… Ⅲ.①长篇小说—德
国—现代 Ⅳ.①I516.45

中国国家版本馆 CIP 数据核字（2023）第 038585 号

周末
Das Wochenende

BERNHARD SCHLINK
伯恩哈德·施林克 著
印芝虹 译

责任编辑 周 冉

装帧设计 柴昊洲

上海译文出版社有限公司出版、发行
网址：www.yiwen.com.cn
201101 上海市闵行区号景路 159 弄 B 座
上海中华商务联合印刷有限公司印刷

开本 890×1240 1／32 印张 7.5 插页 5 字数 100,000
2023 年 4 月第 1 版 2023 年 4 月第 1 次印刷

ISBN 978 - 7 - 5327 - 9187 - 3／I · 5717
定价：62.00 元